外国文学
经典阅读丛书

法国文学经典

曼侬·雷斯戈

mannong leisige

[法] 普莱沃 / 著

傅辛 / 译

百花洲文艺出版社
BAIHUAZHOU LITERATURE AND ART PRESS

目 录

mannongleisige

作者意见①

我原来尽可以将格里欧骑士的故事插进我的《回忆录》②里，但是我觉得在两者之间，毫无直接的联系，假使读者看到它们分开，可能会更加满意些。如此冗长的一段叙述，自然要长久地打断我自己的故事的线索。我根本不敢自认为具有严谨的作家的才能，不过我也明白，一篇叙事体的作品，应该避免那些使作品本身呆滞而又累赘的写法。这是贺拉斯③的原则：

让作者只说他应该说的话，

其余的应该放弃掉，不要说。④

甚至不需要依据这样一位大家的名言，也能证实一个如此简单的真理，因为理智就是这条规则的第一个根源。

假使读者在我的一生经历当中已经发现了一点生动有趣的东西⑤，那我敢保证，他们对这本增加进来的书也不至于不满意。在格里欧先生的行为里，将会看到热情的力量的可怕的事例。我所描绘的是一个拒绝幸福而甘愿堕入极端的不

---

① 原文全译是：《一个贵人的回忆录》的作者的意见。本书原来是这本《回忆录》中的第七卷。请参阅《译后记》。
② 即《一个贵人的回忆录》。
③ 贺拉斯（公元前65年–8年），古罗马诗人，生于意大利南部一个获释奴隶家庭。写有抒情诗、讽刺诗等，晚期作品《诗艺》最为著名，这封诗体书信是他的一系列文学创作经验谈。
④ 这两句话是贺拉斯的《诗艺》里的。原文系拉丁文。根据人民文学出版社1962年的译本，整个一段话是这样译的："谈到条理，如果我没有弄错的话，它的优点和美就在于作者在写作预定要写的诗篇的时候能说此时此地应该说的话，把不需要说的话暂时搁一搁不要说，要有所取舍。"
⑤ 由于这本书是《回忆录》中的一卷，所以作者这样说。

幸中的盲目的年轻人，他具有一切最为优秀的品质，却放弃命运和自然给他的有利条件，宁肯选择悲惨的流浪生活。他预料到他的厄运，但是不愿避开，他感觉到那些厄运临头，并且受着它们的折磨，但是拒绝接受别人不停地供给他的随时都能结束那些厄运的良药。总之，这是一个矛盾的性格，德行和恶习的混合体，美好的感情和邪恶的行为的一生不变的对照。我所描绘的画面的内容便是这样。明智的人绝不会将这一类的作品看成是无用的东西。这本书会使得读者愉快高兴，除此以外，人们还能在书里发现许多可以引为教训的情节。在我看来，读者能在娱乐中得到训诲，这是对读者最重要的贡献。

我们在想起道德教训的时候，看见它们又被人尊重，同时又被人忽视，是不能不感到惊奇的。我们要探讨人心如此古怪的原因，人心对那些善和完美的概念非常崇敬，在具体行动中却与它们背道而驰。如果具有某种程度的知情达理的人愿意研究，那么，他们会很容易地看出来，他们日常谈话，甚至他们单独梦想的最普通的内容，几乎总是一些与道德有关的思考。他们生活中最甜蜜的时刻便是单独一个人，或者和一位朋友在一块儿敞开心胸，探讨德行的美丽，友谊的温暖，获得幸福的方法，使我们远离幸福的天生的弱点，以及可以医治那些弱点的良药。贺拉斯和波瓦洛①指出这种谈话是组成幸福生活的面貌的那些最美好的线条中的一种。一个人这样容易地从那些崇高的理想落下来，很快地和一般凡夫俗子混在一道，这是怎样发生的呢？如果我下面引证的理由不能明确地解释我们理想和行动的矛盾，那便是我错了。这个理由

---

① 波瓦洛（1636–1711），法国诗人，古典主义文学理论家，著有《诗的艺术》。

便是：所有的道德教训，只是一些一般的空洞的原则，很难个别地应用到习俗和行动的细节中去。

我们举个例子来说明。出身良好的人都感到温和和人道是可爱的德行，一心想实行它们，但是，是否到了实行的时候呢？他们经常就迟疑不决了。这真的是实行的机会吗？他们知道应该采取什么步骤吗？他们没有把对象弄错吗？千百种困难拦阻着他们。他们想行善、施舍，但又唯恐受人欺骗；唯恐显得过于温柔多情，被人视为软弱。总之一句话，对于义务，唯恐尽得过分，或者是没有尽到。这些义务，是极为模糊地包含在人道与温和这些一般的概念里的。在这种踌躇不决当中，只有经验和事例才能合理地决定人心的趋向。不过，经验并不是所有的人都容易得到的好处，它是依赖着命运女神①给人安排的不同处境的。于是，只剩下事例能够使许多人在实行德行的时候得到可以遵从的规则。

像本书一样的作品，才能够对这样的读者有莫大的用处，至少，正派的、有理智的人写的作品是这种情形。人们在这本书里看到的每件事情，都是一线光明，一个弥补阅历不足的教训；每个冒险的经历都是可以供人当做前车之鉴的事例，只要适合自己的处境就行。整本作品是一部容易遵照实行的道德论文。

一个严肃的读者看到我在这样的年纪还提笔写关于命运和爱情的冒险故事，也许会感到愤慨。但是，如果我上面说的一番道理是正确无误的话，它们会为我解释；如果它们本身就不对，那我的错误将是我的辩解。

---

① 命运女神，是希腊罗马神话中的女神，掌管人类命运。

第一部

　　我必须使我的读者回溯到我一生中的那个时期，当时我第一次遇见格里欧骑士。时间距离我动身去西班牙大概五六个月的光景。虽然我一向深居简出，然而由于对我女儿的宠爱，我有时也从事一些短途旅行，不过我总尽可能地缩短旅程。

　　有一次，我的女儿请求我去鲁昂①，在诺曼底②法院办理一宗土地继承的手续，那些土地是我从我的外祖父手中得来、现在该由她继承的。那天我从鲁昂回来，路过埃夫勒③，第一夜就住在那里。第二天，我到了五六里④外的帕西⑤，打算在当地吃午饭。当我走进这个城镇的时候，我看见所有的居民都显得慌慌张张，感到非常惊奇。他们从自己家里跑出来，成群结队奔到一家下等旅店的门口。在那里停着两辆有篷马车。马还没有卸下，又累又热，直冒气，看得出来，这两辆车子刚刚到达这里。

　　我站住了片刻，想知道这场骚动发生的原因，但是，从那些充满好奇心的百姓的嘴里，我探听不出什么究竟来，他们一点也不理睬我的询问，只顾乱哄哄地向那家小旅店拥去。后来，一个背着皮带、捎着一支鸟枪的警士在门口出现了，我向他招招手，叫他过来。我请求他把这场骚动的起因告诉我。

---

　　① 鲁昂，巴黎西北方的大城，是旧诺曼底省的省会。现在是塞纳滨海省的省会。
　　② 诺曼底，法国古省名，在法国的西北部，濒英吉利海峡。
　　③ 埃夫勒，是现在厄尔省的省会。在鲁昂以南。
　　④ 里，原文为法里，约合九华里，现简译作里。以下凡译作里的都是法里。
　　⑤ 帕西，在埃夫勒的西边。

"并没有什么事情，先生，"他对我说，"有十二个妓女，我跟我的伙伴领她们去勒阿弗尔·德·格拉斯①，再从那儿教她们乘船上美洲。这十几个妓女当中有几个人长得很漂亮，准是这个原因引起了这些乡下人的好奇心。"

如果没有一个从旅店里走出来的老太婆的叫喊声把我吸引住，那我听了这番解释，早就走开了。那个老太婆合起双手，大声嚷着，说这是一件野蛮的事情，一件又叫人害怕又叫人可怜的事情。

"是怎么一回事呢？"我问她。

"啊，先生，请进来吧，"她回答说，"请来看看这个场面是不是叫人看了伤心。"

好奇心使我下了马，我把马交给了我的马夫。我费力地穿过人群，走到里面，果然看到了使人心动的事情。

那十二个女人六个一排，分成两排，一条长锁链缚住了每个人的腰部。其中有一个人，她的神态和容貌跟她此时此地的处境很不相称，如果在另外一种境况当中，我将会把她看作最高尚的贵妇。她神情忧郁，里外衣服都肮脏不堪，却不影响她的美丽，因此我一见到她，就对她起了尊敬和怜悯之心。不过她在锁链允许她的程度以内，尽可能地转过身去，想使她的容貌避开那些来看她们的人的眼睛。她极力要使自己躲起来的动作是这样自然，仿佛出自一种怕羞的心理。

六个押送这群不幸的女人的看守也在这间房间里面，我便特地把他们当中那个领头的请过来，向他探听这个美丽的姑娘的身世。他只能告诉我一些极其一般的情况。

"我们是从妇女教养院②里把她带出来的，"他对我说，"奉

———————————

① 勒阿弗尔·德·格拉斯，在塞纳滨海省的海口，现叫勒阿弗尔。
② 妇女教养院，是专关妇女的监狱。

曼侬·雷斯戈 法国文学经典

的是警察总监中将先生的命令。很明显，她要是品行端正是不会关在那个地方的。一路上我问了她好多次，她始终不肯回答。虽然我没有得到命令要对她另眼照顾，可是我总有点儿特别优待她，因为我觉得她比她的同伴要高贵一点。"这个警士接着又说道："您①瞧那儿有一个年轻人，对她遭到不幸的原因，可能他告诉您的要比我说的清楚：

　　打从巴黎开始，他就跟着她走，几乎每时每刻都在淌眼泪。

　　他不是她的兄弟，就准是她的爱人。"

　　我向屋角转过身去，看到那个年轻人坐在那儿。他像深深陷入梦幻中一样。我从来没有看见过比他更痛苦的形象了。他的衣着非常简单，但是一眼就看得出这是一个出自世家受过教育的人。我走到他的身边，他站起来了。

　　从他的眼睛，他的面貌，以及他所有的动作，我都能发现一种极其文雅高贵的神气，使我自然而然对他产生了好感。

　　"但愿我一点没有打扰您，"我坐到了他的身边，对他说，"我想了解这个美丽的女人的事情，您愿不愿意满足我的这个好奇心？我似乎觉得，像她这样的人，绝不应该落到眼前我所看到的这样悲惨的地步！"

　　他坦率地回答我说，如果他要告诉我她是谁，就得介绍他本人的情形，而他由于一些重要的理由，希望自己不要让人家认识。

　　"不过，我可以告诉您这一点，"他指着那几个警士继续说道，"这是连那些可恶的家伙也很清楚的，便是我爱她爱到狂热的程度，以致她使我成为人间最最不幸的人。在巴黎我曾经用尽一切办法想恢复她的自由。我四处请求，使用计谋，

　　① 法语中尊称对方时叫"vous"现译做"您"；表示亲近或轻视时叫"tu"，书中译做"你"

诉诸武力，都毫无一点用处。我决定跟她走，即使她走到天涯海角。我要跟她坐船到美洲去。但是，最不讲人道的事情，就是那些混账家伙不肯让我走近她。"

他谈到那些警士，又说下去，"我本来的计划是打算走到离开巴黎几里路远的地方公开袭击他们，我邀集了四个人，他们看在一笔巨款的分上答应帮助我。这帮毫无信义的小人到时候却让我一个人动手，他们拿着钱溜掉了。我不可能用武力达到目的，只好放下武器。我向警士们提出，请他们至少同意我随着他们同行，我答应给他们报酬。对钱财的贪心使他们同意了我的要求。他们每给我一次机会跟我爱人自由谈话，就要我付一次钱。我的钱袋不久就完全空了，现在我变得一文不名，因此我朝她走近一步，他们都用蛮横的态度把我粗暴地推开。有一次，我不顾他们的威胁，走近了她，他们竟蛮不讲理地朝我举起了枪口。为了满足他们的勒索，好使我能够继续徒步跟着走，我不得不在这儿把我一直骑到现在的一匹驽马卖掉。"

虽然他在讲话的时候显得相当镇静，等到讲完以后却淌出了几滴眼泪。这段叙述我觉得非常离奇非常感人。

"我并不勉强您把您的秘密告诉我知道，"我对他说，"但是，如果我能对您有什么用处，我愿意为您效劳。"

"天呵，"他又说道，"我是一点儿希望也看不到了，我不得不忍受命运的残酷折磨。我要到美洲去，在那边我至少可以自由地和我所爱的人在一起。我已经写信给我的一个朋友，请他寄点钱到勒阿弗尔·德·格拉斯帮助我。我唯一的困难便是无法到达那儿，同时，"他忧郁地看着他的爱人，又说了一句，"无法使得这个可怜的女人在路上过得舒服一些。"

"好吧，"我对他说，"我来解决您的困难。这儿有一点儿钱，请您收下来；我感到遗憾的是不能帮您别的什么忙。"

我给了他四个金路易①，在交给他的时候没有让看守们看到；因为我断定如果他们知道他有了这笔钱，就会对他们的帮助开出更高的价钱。我甚至想到跟他们商谈一下条件，好让这个年轻的情人可以有继续和他爱人谈话的自由，一直到勒阿弗尔为止。我向那一个领头的打了个招呼，要他过来，然后向他提出这个建议。他虽然厚颜无耻，好像也显得不好意思。

"先生，"他神情不安地回答我道，"并不是我们拒绝他跟这个女的说话；但是他想一直待在她的身边，这对我们说来就挺不方便了。他为这种麻烦事付点代价是极其公平的啊。"

"那么，"我对他说，"要付多少报酬才能使您觉得不再感到挺不方便呢？"

他竟大着胆子向我要两个金路易。我立即付给了他。

"不过您得当心，"我对他说，"不许再勒索诈骗什么了。我要把我的地址留给这个年轻人，好教他可以通知我。您要明白，我是有权叫人惩罚您的。"

这件事我一共花了六个金路易。

这个陌生的年轻人向我道谢，他那种文雅的态度和诚挚的谢意，使我完全相信他出身名门，值得我慷慨解囊。我在走开以前，对他的爱人说了几句话。她带着非常温柔妩媚的怕羞的神情回答我，我在走出来的时候，不禁对女人的难以理解的性格生发出无数感慨。

我回到乡间独居以后，再也没有听到过这件事情的下文。

---

① 法国旧金币，一个金路易值二十法郎。

将近两年过去了，我已经把它忘记得干干净净，一直到后来，一次偶然的巧遇，才使我又有机会把整个儿事情从头到尾全弄清楚。

我和我的学生某侯爵从伦敦到了加来①。如果我记得丝毫不错的话，我们当时住在一家金狮旅馆里。因为某些理由，我们不得不在那儿待上一个整天和一个晚上，下午我们在街上走的时候，我相信我看到了那个我曾在帕西遇见过的年轻人。他穿着极其破旧，脸色比我上次见到时还要苍白。他手上抱着一只旧皮包，看光景是刚刚到达城里。

但是，由于他外貌长得非常英俊，认出他来是挺容易的，我立刻就看出是他。

"我们到那个年轻人跟前去。"我对侯爵说。

当他认出是我以后，他的快乐真是言语难以形容。

"啊，先生！"他吻着我的手，大声说道，"我又可以有一次机会向您表达我终身难忘的谢意了！"

我问他从哪儿来。他回答我说他是由海道从勒阿弗尔·德·格拉斯来的。不久以前，他刚从美洲回来。

"看你样子不像有什么钱，"我对他说，"请您到我住的金狮旅馆去，我一会儿就回来看您。"

我回到旅馆以后，迫不及待地想知道他的不幸遭遇的详细经过，以及他美洲之行的情形。我不停地安慰他，并且关照别人不要让他短少什么东西。他没有等我催他，便把他往日的经历一一告诉了我。

"先生，"他对我说，"您待我如此豪爽，我再要对您隐瞒什么事的话，那我真要责备自己是卑劣的忘恩负义的小人了。

---

① 加来，法国西北部港口，过英吉利海峡即是多佛尔。

我不仅要把我的不幸和我的痛苦告诉您，而且还要把我的荒唐生活和极为可耻的弱点也告诉您。我深信您一面会责备我，一面也会禁不住可怜我的。"

我得在这儿告诉读者，我几乎是在听他说完他的往事之后就立即把它写下来的，因此诸位可以完全相信，没有什么会比这个叙述更确切忠实了。我说忠实，就是说即使这位年轻的冒险家用世间最动人的言辞所表达的思想感情，我的叙述都是分厘不差的。

以下便是他的故事，从始到终，除他本人的话以外，我丝毫也没有掺进去一点自己的意思。

当年我十七岁，在亚眠①读完我的哲学课程，那是我的父母送我去的。他们都出自P…城②的高贵门第。我过着老实规矩的生活，竟使得我的先生们把我当做公学③中的一名模范生。博得这个赞扬，并非是由于我特别用功，而是我天性生来温和好静的关系。我爱好钻研功课，别人把我对于恶德天生的厌恶的一些表示看作是我的德行。我的出身，我学业上的成绩，还有我外貌上的优点，使得全城有教养的人士都认识我、敬重我。

我结束了我的公开考试④，得到一致的好评，甚至在场的主教先生向我提议，要我投身宗教界。他说，我在宗教界里不会比加入马尔他会⑤缺少远大的前途；加入马尔他会是我父

① 亚眠，在巴黎以北，从前是旧庇卡弟省的省会。现在是索姆省的省会。
② 根据《拉罗斯古典作品丛书》版注，P…可能指彼罗纳，故译做P…城。彼罗纳在亚眠以西不远处，也在索姆省。但有的英译本将P…译成庇卡弟。
③ 当时是耶稣会主办的学校。
④ 在耶稣会主办的公学里课程结束时的一种考试方法，学生当众进行讨论或辩论。
⑤ 马尔他会，11世纪十字军时建立的一种宗教性和军事性的组织。查理五世于1530年把马尔他岛送给这个组织，开始叫做马尔他会。在小说所写的时代，马尔他会包括三种等级的人。第一等是贵族，或叫骑士，是有武器的。贵族家庭子弟十一岁时就可以戴马尔他会的十字章，并且得到骑士的称号。二十岁即去马尔他岛。格里欧是贵族出身，因此虽在读书，已有骑士称号。

母决定好了的事。他们已经使我佩戴上十字章，获得了格里欧骑士的称号。到了假期，我准备回到我父亲跟前去，他早就答应我不久以后便把我送到练武学校①去。

我离开亚眠的时候，唯一感到遗憾的事情就是在那里撇下了一个一直亲密相处的朋友。他比我大几岁，我们是在一起长大的。但是他家境不好，不得不进宗教界，我走以后，他还要留在亚眠学习一些从事这种职业所必需的课程。他有千百种优点。在我以后的经历当中，您将会从他的优良表现认识到他的为人，尤其是从在友谊方面的热忱和慷慨上认识到他的为人。他热心豪爽超过自古以来最著名的榜样。如果当时我便听从他的劝告，那我就一直都会是规矩而又幸福的人了。当情欲把我拖下深渊里的时候，如果我多少听听他的责备的话，我也可以在我的沉没的幸福与名誉里挽救一点东西出来。可是他的关心一点效果也收获不到，他只有伤心地眼看他的这些关心毫无用处，而且有时候还要受到一个忘恩负义的人的无情报答，这个忘恩负义的人竟会因此恼羞成怒，对它们感到厌烦。

我已经决定了离开亚眠的日期。天呀！我为什么不提早一天呢！那样的话，我就能清清白白地回到我父亲那儿去了。在我要离开这个城市的前一天，我和我的朋友——他叫梯伯史——一块儿散步，我们看见从阿拉斯②开来的驿车到了，便跟着车子一直走到停车的旅店门口。我们除了好奇以外，并没有其他动机。从车上走下几个女人，她们马上就走进旅店，其中一个非常年轻的却独自站在院子里，同时，一个年纪很

---

① 是贵族青年参加军队以前学习骑术、剑术和其他一些体育技术的地方。在本书里则是指在去马尔他岛以前学习上述本领的地方。
② 阿拉斯，在巴黎北部，亚眠东北部，现在是加来海峡省的省会。

大的男人，好像是她的管家一样，在匆匆忙忙地从篮子里拿出她的行李。在我眼里看来，她生得非常妩媚动人，我从来没有想到过男女之间有什么差别，也没有稍稍留意过一个少女，所有人都称赞我老实规矩，这时候，却好像全身立刻燃烧着火一样，到了如痴如狂的地步。我有一个缺点，便是非常怕羞，容易受窘，但是当时我不但没有为这个弱点所控制，而且，我居然对着我心上的这个爱人走了过去。

虽然她比我年轻，她却毫不拘束地接受了我彬彬有礼的问候。我问她到亚眠来做什么，在此地有没有什么熟人。她坦率地回答我说，是她的父母打发她上这儿来做修女的。我的心里产生了爱情以后，爱情便使我的头脑变得明智灵敏，以致把这个打算看成是对我的希望的致命打击。我对她说话的时候，表现出一种能使她明白我的感情的神情，因为她显得比我老练得多。别人送她进修道院，毫无疑问，是要压制她的已经显露出来的对享乐的贪恋，这是她所不情愿的。而这种贪恋，后来造成她和我两人全部的不幸。

我用了许许多多理由攻击她父母的那个残酷的意图，这些理由全出自我新生的爱情和学校里练就的一套口才。她的神情既不严峻，也不带轻蔑。她沉默片刻以后，对我说，她也很清楚地预料到，她将遭到不幸，但是，既然她没有一点办法躲开这种不幸，那显然便是上天的意旨。

她那温柔的眼光，说话时忧郁而诱人的神情，或者，不如说是把我引向毁灭的命运的威力，都不允许我迟疑半刻时间回答她。我对她肯定地说，如果她愿意相信我的忠诚，相信她已经使我产生了无限柔情，我能够牺牲我的生命把她从她父母的专制压迫下解救出来，使她得到幸福。以后我一想到这件事，不知道多少次地感到惊奇：当时我从哪里得到这样的胆量，竟会如此轻易表白自己的心意。可是，假使爱神不常常显灵，那它也不被人看作是神明了。接着我又说了无数情意恳切的话。

我的不相识的美丽的少女知道得很清楚，像我这样的年龄是绝对不会欺骗人的。她答应我，如果我有一天看到能使她恢复自由的一点希望，她相信她会报偿我以比生命还要宝贵的东西。我一再对她说，任何事情我都准备做，但是，当即就想出为她效劳的方法，我丝毫经验也没有。我只是给出这样一种泛泛的保证，而这种保证对她对我都不能有很大帮助。

看管她的那个老阿尔居斯①走到我们跟前来了，如果她不是那样机智，补救了我的笨拙的话，我的希望很可能就化为泡影。她的看管人走近的时候，她把我叫作表哥，并且毫不显得慌张地对我说，既然她很幸运在亚眠遇到了我，她便等明天再进修道院，好快快乐乐地和我在一起吃顿晚饭。这真叫我听了大为惊奇。我完全懂得这个计谋的意思。

我向她建议住在某家旅店里，那家旅店的老板做过我父亲多年的车夫，后来到亚眠安了家，他对我吩咐的话是完全听从的。

我亲自带她上这家旅店去，那个看管她的老头儿好像有点儿不高兴地嘀咕着，我的朋友梯伯史对这幕经过完全莫名其妙，一句话不说，跟在我后面走。他根本没有听见我们两人谈的话，我向漂亮的爱人谈情说爱的时候，他待在院子里走来走去。由于他为人规矩，我很畏惧，因此就请他去替我办一件事情，以便摆脱开他。这样一来，到达旅店以后，我可以快乐地和我心上的主宰单独在一起了。

我立刻认识到自己并不完全像过去所想象的那样是一个

---

① 阿尔居斯，希腊神话中亚尔果城的王子，有一百对眼睛，其中五十对是始终张着的，一般比作最敏锐最机警的看守者。

孩子。我的心迎着无数快乐的感情敞开了，这种快乐我是从来没有想到过的。一种温柔暖和的感觉传遍了我全身的血管。我沉浸在一种狂热的境界里，一时无法自在地说出话来，只好用眼睛表达我的热情。

她告诉我，别人叫她作曼侬·雷斯戈小姐。她对自己魅力发生的作用感到非常得意。我看得出来，她兴奋的程度并不比我低。她对我坦白地说，她觉得我很可爱，又说如果我能够使她得到自由，她将会无比快乐。她想知道我是谁，她认识我以后，增加了她对我的爱慕，因为她出身平庸，现在得到像我这样一个爱人，她感到很得意。我们商量用什么法子能结合在一起。我们想了许久，除了逃走以外，想不出别的办法来。我们一定要瞒过那个看管人的细心看守，虽然他不过是一个仆人，却是一个要好好对付的人。我们商量妥当，当夜我去准备好一辆驿车，第二天一清早，乘那个老头儿没有起床，我回到旅店里来，我们偷偷地逃走，一直逃到巴黎，一到巴黎我们就结婚。我大概有五十个埃居①，这笔钱是我一点一滴积蓄下来的。她的钱大约比我多一倍。我们就像毫无阅历的小孩子一样，认为这笔钱一辈子也用不完了。对我们其他的一些打算，我们也认为可以成功。

我怀着从未有过的愉快心情，吃完了晚饭，然后就离开那里去进行我的计划。我本来打算第二天回到父亲那儿去的，简单的行李都已经预备好了，所以我安排起来相当容易。我吩咐人搬走我的行李，并且雇一辆马车在清晨五点钟开城门的时候②到来，全都没有一点儿麻烦，但是我遇到了一个我事

①　埃居，是法国一种古币，值三法郎或六法郎，通常指值三法郎的一种。
②　当时天黑关城门，天亮开城门。这时正是七八月间，所以清晨五点钟开城门。

先根本没有估计到的障碍，几乎使我的计划整个儿破产。

梯伯史虽然只比我大三岁，却是一个深思熟虑、品行极为端正的人。他用一种非常诚挚的温情热爱着我。

看到像曼侬小姐这样美丽的少女，加上我急急忙忙领着她走的神气，一心要和他分开好摆脱掉他的表现，他猜想到我在恋爱。他不敢回到他和我分手的那家旅店去，因为害怕他的回来会使我不高兴。但是他到了我的住处等我，我回去时看见他正在那儿，虽然已经是夜里十点钟了。他在场使我心里很发愁。他也很容易看出来，他在这儿我显得很不安。

"我知道得挺清楚，"他毫不掩饰地对我说，"您在想什么心事，并且不想让我晓得；从您的神情我看得出来。"

我相当粗暴地回答他说，我没有必要把我所有的打算都让他知道。

"那自然，"他说，"但是您一直把我当朋友看待。能够有做朋友的资格，就应该得到一点信任，听到一点知心话。"

他催促我把我的秘密告诉他，他逼得这样紧，这样久，而我又从来没有对他隐瞒过什么事，因此我把我热烈的爱情毫无保留地全部向他说了。他听了后，神情很不高兴，叫我看了不禁发抖。我尤其懊恼的是，我不够谨慎，把我想逃走的计划告诉了他。他对我说，他是我最最要好的朋友，所以要尽一切力量来反对我的计划。他又说，他首先要对我使用所有他相信可以改变我主意的方法。但是，如果我还是不放弃这个不幸的决定，那他就要去通知那些肯定能阻止我这样干的人。对这个问题，他说的话很严厉，讲了一刻多钟，最后还警告我说，假使我不向他保证我的行为很守规矩，很合情理，他就要把我的事公开出来。

我对自己这样不合时宜地泄漏了秘密，感到懊丧。但是，两三个小时以来，爱神已经整个地打开了我的心窍，所以我预先留神，没有告诉他我的计划在明天就要实行。我决定含糊其辞、模棱两可地欺蒙他一下。

"梯伯史，"我对他说，"一直到现在为止，我始终认为您是我的朋友，我愿意向您吐露我这个秘密来证明我的友谊。我的确是产生了爱情，我没有欺蒙您；但是关于我逃跑的事情，这绝对不是冒冒失失就能实现的。明天早上九点钟来看我吧，如果可能，我要请您看看我的爱人，您好判断判断我为她这样做究竟值不值得。"

他向我说了千百句保证友谊的话，然后撇下我一个人走了。我利用这一夜安排妥当我的事情，天刚蒙蒙亮，我就赶到曼侬住的旅店里，我看见她已经在等我了。她站在临街的窗口，因此一见到我就亲自来替我开门。我们俩静悄悄地走出了旅店，她除了换洗衣服外，别的行装一样也没有带。她的那些衣服就由我亲手拿着。驿车正准备启程。我们不一会儿便离了城。

在下文里我会说到梯伯史发觉我欺骗他以后采取了什么行动。他的热忱并没有因此减轻。您将会看到他过分热心到什么程度，想到我对他的热心是怎样报答的，我真该痛哭流涕啊。

我们匆匆忙忙地赶路，天黑以前，就到达了圣 – 德尼①。我是骑马在驿车旁边走的，只有在换马的时候，我们才有机会谈话。可是，当我们看见离巴黎这样近，也就是说几乎没有什么危险的时候，我们便乘机休息了一下，自从离开亚眠以后，我们还没有吃过一点东西呢。我对曼侬充满了热情，她也知道如何让我相信她对我的热情并不亚于我。我们两人相互抚

----

① 圣 – 德尼，在巴黎以北，是离巴黎最近的驿站，从这里过圣 – 德尼门即进入巴黎。

爱，毫不拘谨，竟没有耐心等到别人不在跟前的时候。我们的车夫和旅店老板都出神地朝我们俩望着。我注意到，他们看见像我们这样大的两个孩子相爱到了似乎发狂的地步，都大为惊奇。

我们打算结婚的计划在圣－德尼就给忘记了。我们偷偷地逃脱了教会的权力。我们没有考虑到这一层便结成了夫妇。

我天性温和忠诚，如果曼侬对我忠实的话，那我的一生无疑是会幸福的。我愈熟识她，就愈能在她身上发现新的可爱的品质。她的智慧，她的心，她的温柔，以及她的美丽，形成一条很牢固很可爱的链子，竟使我可以把我全部的幸福都系在那上面，再也解不下来。可怕的变幻啊！那使我绝望的事情原来却是能够使我幸福的。我对爱情始终如一，由于这种忠实，我本来应该期待最甜蜜的命运和爱情的最好的报酬，可是我却成为最最不幸的人。

我们在巴黎租了一处带有家具的寓所。它位于维……路[1]上，而且，真是我的不幸，正紧靠在有名的包税人[2]B先生的住宅。三个星期过去了，在这三个星期里，我满怀着热情，因此极少想到我的家庭，极少想到我没有回家我的父亲会多么悲伤。可是，在我的行为当中并没有一点放荡的地方，曼侬也表现得非常安分守己，因此，我们所过的安静的生活，渐渐唤起了我的责任感。我决定，如果可能，要跟我的父亲和好。我的爱人是这样可爱，我毫不怀疑，假使我有办法使我父亲认识她的贤惠和她的德行的话，她准能讨他欢喜。总之，没

----

　　① 根据《拉罗斯古典作品丛书》版注，维……路是维维也恩纳路，那里有许多金融资本家的住宅。
　　② 当时政府剥削人民，征收苛捐杂税甚多，征收困难，就把税收一事包给金融资产阶级。这些人即叫做包税人。他们付给国家一笔规定数量的年税后，可以不受监督擅自收税，因此利润极为巨大。

有他的同意就可以跟曼侬结婚的希望是破灭了，我盼望他能给我娶她的自由。

我把这个计划告诉了曼侬，我教她明白，除掉爱情和责任的原因以外，物质方面的理由也可能有某些关系；因为我们的存款已经用掉了很多，我开始认识到以前认为它是用之不竭的想法是错误的了。曼侬态度冷淡地听着我的建议。但是，她所提出的困难，只是由于她爱我，害怕如果我父亲知道我们的藏身之处以后，绝对不会赞同我们的计划，她会失掉我。我可丝毫也没有怀疑到，别人正在准备给我一次残忍的打击。至于缺少钱的问题，她回答说，我们剩下的钱还能维持几个星期的生活，以后，她会写信给在外省①的几个亲戚，可以从他们那里得到好心的帮助。她用很温柔很热情的抚爱来委婉地拒绝我，而我呢，完全只是为了她而生活，对她的心没有一点儿怀疑，因此，她所有的回答，所有的决定，我都赞同。

我让她来处理我们剩下的钱，管理我们日常的开支。没有几天以后，我发现我们的饭菜吃得很好，她还添置了几样相当贵重的饰物。我并非不知道我们只有十二个或者十五个皮士多勒②，因此，对我们财富的明显增加，我向她表示很惊奇。她一面笑一面请我不用为之操心。

"我不是答应过您，"她对我说道，"我会找财源的吗？"

我带着过分天真的感情爱着她，根本不容易产生什么警惕心。

有一天下午，我出门去，事先对她说我在外面要比平日多待一些时间。当我回家的时候，却叫我在门外面等了两三分钟，我感到奇怪。我们只雇了一个小姑娘服侍我们，她的年纪跟

---

① 在法国，首都巴黎以外的地方都叫外省。
② 皮士多勒，是法国古金币，每个值十法郎。

我们差不多大小。她来给我开门以后，我问她为什么耽搁了这么长久的时间。她神情不安地回答我说，她没有听到我敲门。我只不过敲了一次门，我问她道：

"可是，你要是没有听到我敲门，为什么会来替我开门呢？"

这样一问，使得她惊惶失措，以致目瞪口呆，无法回答，后来竟哭了起来，向我保证说这不是她的过错，而是太太要等B先生从通内室的另一道楼梯出去后，才许她来开门。我听她这样说，头脑昏昏沉沉，简直没有一点儿气力再走进屋子里去。我决定借口有一件事情要去做，走下楼去，并且吩咐这个小姑娘告诉太太，我过一会儿回来，不过不要让太太知道她已经对我谈到了B先生。

我真是惊诧极了，在下楼梯的时候，不禁流出了眼泪，我还不知道是什么感情会使我流泪的。我走到最近的一家咖啡馆里，挨着一张桌子坐下来，两手托住头，想弄清楚自己心里在想些什么。我不敢回想我刚才听到的那些话，我想把那些话看成是一场幻梦，我有两三次打算装作没有注意到这回事回到家里去，曼侬欺骗我，在我看来是不可能的，因此我害怕对她怀疑等于侮辱她。我崇拜她，这是千真万确的事；我给她的我爱情的证明，并不比我从她那儿得到的多。为什么我要责怪她没有我真诚，没有我忠实呢？她有什么理由要欺骗我呢？就在三个小时以前，她还尽情地拥抱我，她也让我热烈地拥抱她，我认识自己的心并不比认识她的来得清楚点。

"不，不，"我又说，"曼侬不可能欺骗我，她并不是不知道我只是为了她才活着，我崇拜她，她知道得很清楚。这可不是使她憎恨我的原因啊。"

可是，B先生的来访以及偷偷摸摸的溜走，叫我感到不安。我也回想到曼侬购置的那些小东西，买那些东西似乎超出了我们现在的经济能力，令人好像觉得是一个新情人的馈赠。而且，她曾经对我表示过在财源方面她有办法，什么办法我却不得而知。我很难给这许多疑团下一个像我心里所盼望的那样合适的定义。另一方面，自从我们到了巴黎以后，我几乎无时无刻不见到她，有事忙时也好，散步时也好，娱乐时也好，我们始终都是形影不离。天主啊！片刻分离也会使我万分难过。我们需要不住嘴地说：我们彼此相爱，如果不这样，我们便会焦虑得死掉。所以我不能想象曼侬会有片刻时间花在另外一个人身上，而不理睬我。

到最后，我相信自己发现了这个秘密的真相。"B先生，"我自言自语地说，"是一个经营大买卖、交际广阔的人，曼侬的亲戚委托这个人送钱给她。她也许已经从他那里拿到了钱，今天他又是给她送钱来的。她准是在和我开玩笑，不让我知道这件事，好叫我又惊又喜。如果我跟往常一样回去，不到这儿来自寻烦恼，也许她已经把事情告诉我了。至少，我主动向她提这件事的话，她不会向我隐瞒的。"

我对这个想法感到非常自信，它居然有力量大大地减轻了我的忧虑。我立刻回到寓所，像往常一样温柔地拥抱曼侬。她非常热烈地接待我。我起先打算把我的猜测告诉她，这种猜测我这时更加肯定不疑了，但是我克制住自己了，指望也许她会先对我说清楚原委，把经过情形全都告诉我。

晚饭预备好了。我带着极为高兴的神情在桌前坐下。可是映着放在我们两人当中的烛光，我觉得我亲爱的爱人的脸上和眼睛里，有一种忧郁的神色。有了这个想法，我自己也忧郁起来。我注意到她盯牢我看的眼光跟过去完全不一样。虽然我觉得那是一种缠绵的柔弱的感情，却无法辨别出是出于爱情还是出于怜悯。我也同样关怀地朝她看着，也许，从我的眼神当中，她也不难判断我的心境。

我们既不想说话，也不想吃饭。最后，我看见她美丽的双眼滴下了眼泪：负情的眼泪啊！

"啊，天呀！"我说道，"您哭了，我亲爱的曼侬；您悲伤得甚至哭了，而您的苦恼，您却一个字也不对我说。"

她只用几声叹息来回答我，这几声叹息加深了我的不安，我颤抖着站了起来。我用出于爱情的极其恳切的态度请求她告诉我她为什么流泪。我一边替她揩眼泪，一边自己也流泪了。我与其说是个活人，还不如说跟死掉了一样。即使是一个野蛮人，如果亲眼见到我的痛苦和我的忧虑，大概也会感动的。

正当我的注意力都集中在她身上的时候，我听到有一些人上楼来的声音。他们轻轻地敲着门。曼侬吻了我一下，就挣脱我的拥抱，急忙跑进里面房间里，然后立即把门关上。我还以为她是因为打扮不整齐，所以不肯给敲门的生客看见。我亲自去开门，可刚打开门，就给三个人捉住了。我认出他们是我父亲的仆人，他们对我一点也不粗暴，不过，其中的两个人抓住我的胳膊，第三个人来搜我的口袋，从那里面搜出了一把小刀，那是我身上仅有的一样武器。他们请求我原谅，说他们是万不得已才对我如此无礼。

他们很老实地对我说，他们是遵照我父亲的命令这样做的，又说我的大哥就在楼下一辆四轮马车里等着我。我心慌意乱，只有任他们带走，既没有反抗，也没有回答一句话。我的大哥果然在等我，他们把我带到马车里，在他的身边坐下。马车夫得到过他的吩咐，这时就赶车启程，飞奔圣-德尼。我的大哥亲热地拥抱我，可是一句话也不对我说，因此我能够得到我正需要的闲暇来思索我的不幸遭遇。

开始时我看见的是一片黑暗，找不到丝毫的亮光使我猜到一点真相。我被人残酷地出卖了。但是被谁呢？梯伯史是我第一个想到的人。"出卖朋友的小人！"我想，"如果我的猜测是正确的话，那我就要你的命。"可是，我想到他是不知道我住在哪儿的，因此，别人无法从他那儿打听到我的住址。归罪于曼侬吗？我的心可不敢有这样犯罪的想法。我亲眼看到的压迫着她的过分的忧郁，她的眼泪，在离开我时给我的温柔的一吻，对我来说，都是难解的谜团；但是，我认为可以把它解释成是由于她预感到我们的共同的灾难的关系。这场变故使我失去了她，当我因此沮丧的时候，我确实以为她比我还要可怜。我反复思考，结果断定是我在巴黎的街上被熟人看到了，他们把这件事告诉我的父亲。这个猜想使我安下心来。我料定我要受到责骂或者一些惩罚才能了事，因为我应该维护做父亲的人的威严。我决定耐心地忍受，同时别人要我怎样，我就怎样，好使我得到机会迅速地回到巴黎去，把生活和快乐带回给我亲爱的曼侬。

没有多少时间，我们就到了圣－德尼。我的大哥对我的沉默不语觉得很惊诧，以为这是我心里害怕造成的。他安慰我，向我保证说，我一点不用害怕父亲的严厉，只要我驯服地重新担当起自己的义务，不辜负父亲对我的恩情。他叫我在圣－德尼过夜，并且，为了小心起见，派了那三个仆人睡在我的房间里。

我发现这家旅店正是我和曼侬从亚眠去巴黎时住过的那一家，这叫我感到万分难堪。旅店老板和伙计都认得我，同时也猜到了我的遭遇的底细。我听见有人对老板说：

"啊，六个星期以前，就是这位漂亮的先生带了一位小姑娘在这儿待过。他是多么爱她呀。那个小姑娘可真长得靓！一对可怜的孩子，他们是多么相爱啊！唉，把他们硬拆开来，真是太可惜了。"

　　我装作什么也没有听见，并且尽量避免让别人看见。

　　我的大哥在圣－德尼准备了一辆两人乘的驿车，一清早，我们乘着这辆车子动身了，第二天傍晚就到达家里。他比我先看到父亲，告诉他我已经乖乖地给带回来了，他说的话是对我有利的；因此，我受到的接待没有我预料的严厉。对于我所犯的不经他同意远离家庭的错误，他只讲了几句一般的责备的话。至于我的爱人，他对我说，我胡乱结交一个陌生女人，所以应该遇到最近发生的事情。他又对我说，他认为我为人一向还谨慎，不过，他希望这一段小小的经历会使我变得更加规矩一些。我仅仅从适合我的思想的含义方面来听他这番话。我感激父亲肯原谅我的好意，答应他我今后的行为将会更加顺从，更加循规蹈矩。我在自己的内心里感到我是胜利的，因为，从各种事情的安排情况来看，我肯定地认为，甚至在天亮以前，我就能够自由地从家里逃出去。

　　我们在饭桌前坐下吃晚饭。他们把我在亚眠的艳遇，以及带着那个忠实的爱人逃走的事情，拿来嘲笑。我任凭他们善意地取笑。我甚至因为我能够在心里盘算那件不断缠绕我思想的事情，感到很高兴。我父亲说出来的几句话却使我极其注意地竖起耳朵静听。他讲到背信弃义，又讲到B先生别有用心的帮忙。我听到他说到这个名字，不禁呆住了，我恭顺地请求他进一步说明一下。他转过身去问我的大哥，有没有把整个经过对我说过。大哥回答他说，我一路上显得很平静，所以他觉得我不需要这个药方来医治痴病。我看出来我的父亲犹疑不决，不知道要不要解释清楚。我恳切地要求他，他才满足了我的愿望，或者，不如说是他用最可怕的叙述，残忍地使我受到致命的打击。

他首先问我，我是不是始终天真地相信我的爱人爱着我。我大胆地对他说，我坚决相信这一点，什么也不能叫我有半点怀疑。

"哈！哈！哈！"他放声大笑，同时大声说道，"这真妙透了！你是一个可爱的受骗的人，我喜欢你有这样一些感情。我可怜的骑士，你既然有这样多的本领做一个有耐心且随和的丈夫，我要使你进入马尔他会，那真是太可惜了。"

他用这样的口气，对他所谓的我的愚蠢和轻信，加以无数的嘲笑。最后，因为我一直不声不响，他就继续对我说，根据他能够计算出的我离开亚眠的时间来看，曼侬大概爱了我十二天。"因为我知道你是上个月二十八日从亚眠动身的。"他说，"今天是二十九日啦，离B先生写信给我已经有十一天了。我猜想他要和你的情人完全熟识总需要八天工夫。从上个月二十八日到这个月二十九日，一共三十一天，除去十一天和八天，还剩下十二天，最多差一两天。"

说到这里，他又是一阵大笑。我一边听他讲，一边心里难过得不得了，我担心自己无法支持到把这出悲惨的喜剧听完。

"原来你不明白，"我的父亲又说，"这下你总该清楚了吧，B先生已经赢得你那位公主的心啦。他打算要我相信，他从你手中夺去曼侬是出于一片为我效劳的毫无私心的热忱，这是拿我开玩笑。像他这样的人，况且我又不认识他，能期望他真有如此高贵的感情吗？他从曼侬那里打听到你是我的儿子，于是，为了要摆脱你的麻烦，就把你的住址以及你过的浪荡生活，写信告诉了我，并且教我知道，一定要用强迫手段才能使你就范。他还表示要给我方便，使我有办法捉住你。正是由于他的指点，加上你的情人的指点，你的大哥才得到机会乘你不备把你捉住了。现在，为了你维持了那样一段时间的胜利，你庆贺庆贺吧！骑士，你懂得怎样迅速地获得胜利，但是，你不知道怎样保住你的战利品。"

这段话里的每一个字都刺痛着我的心，我简直没有力量再忍受下去了。我站起来，离开了桌子，想走出客厅去，但是还没有走四步远，就跌倒在地板上，完全失去了知觉。他们用急救的方法使我苏醒过来。我张开眼睛，眼泪好像泉水一样向下流，我张嘴说了好多最忧愁最伤心的哀怨的话。我的父亲一向是非常喜爱我的，他尽情地安慰我。我听他讲话，却不知道他讲些什么。我跪倒在他的前面，合起双手，向他祈求让我回到巴黎去把B杀死。

"不，"我说道，"他没有赢得曼侬的心，他对她采用了强硬的手段，他用魔法或者迷药引诱了她，也许他粗暴地对她使用了暴力。曼侬爱我，难道我知道得不清楚吗？他可能拿着匕首去威胁她，逼着她抛弃我。为了从我这里夺去一个这样美丽的爱人，他什么事做不出来呀？啊，天啦！天啦！曼侬背弃了我，不再爱我，这是可能的吗？"

我老是嚷着要赶快回巴黎去，甚至时时站起身来想离开这儿，因此我的父亲看得很清楚，我是这样地狂热，什么都不能够把我挡住了。他把我带到楼上的一间房间里，留下两个仆人陪着我，好监视我的行动。我简直无法再控制自己。如果我能在巴黎仅仅只待上一刻钟的工夫，叫我牺牲一千次性命我也是情愿的。我已经那样坦白地说出了自己的企图，我知道他们是不会轻易答应我走出房门的。我打量窗子的高度，看到从这条路逃出去一点儿可能性也没有，于是我就很温和地同这两个仆人交谈起来。我发了一千个誓说，如果他们愿意答应帮我逃走的话，担保他们有一天会发一笔财。我逼他们，哄他们，威胁他们，但是这个企图还是没有用。于是我所有的希望都落空了。我决定寻死，我向床上一躺，下定了决心，除非自己的生命了结了，否则决不离开这张床。

当晚和第二天我就这样度过了。第二天他们拿给我食物，我拒绝吃。我父亲在下午来看我。他态度仁慈，用最甜蜜的安慰人的话来宽解我的苦恼。他坚决命令我吃一点东西，由于尊重他的命令，我便照做了。这样过去了几天，在这几天里，我仅仅当着他面，为了表示对他服从，才吃东西。他老是不断地把那些可以引我走上正道的道理说给我听，同时使我对不忠实的曼侬产生鄙视的感情。我肯定是再也不敬重她了。一个人世间最轻浮无情的女人，我怎么能敬重她呢？但是，她的影子，她动人的丽姿，我一直印在心底，永远磨灭不了。这一点我知道得非常清楚。

"我好像死啦，"我自言自语地说道，"经受过这么多的耻辱和痛苦以后，我也应该死啦。但是，我就是忍受一千次的死亡，也不能忘记这个毫无情义的曼侬啊。"

我的父亲看到我老是那样强烈的伤感，觉得很吃惊。他知道我重视荣誉原则，相信曼侬的负情会使我轻视她，因此他猜想我的固执并不是来自那种特殊的热情，而是由于我对女人有了一般的爱好。他坚持这个想法，所以有一天，只是出于他的慈爱心，他把他的想法全对我说了。

"骑士啊，"他对我说，"直到现在，我的企图就是要让你戴上马尔他会的十字章；但是我看你的爱好并不在这一方面，你爱漂亮的女人。我同意给你找一个会讨你欢喜的女人。你对这件事怎样想，老老实实地告诉我知道。"

我回答他说，在女人当中，我不再加以什么区别了，经过一场我不久前遇到的不幸以后，我对任何女人都感到厌恶。

"我要替你找一个女的，"我的父亲微笑着说，"她像曼侬一样美丽，但是要比她忠实。"

"啊！如果您对我怜悯的话，"我对他说，"那应该被送还给我的是她。亲爱的父亲，您要相信，她并没有对我背信弃义，她不可能做出那样阴险那样残忍的卑鄙事情来。欺骗我们的，欺骗您，欺骗她，还有我的，是那个老奸巨猾的B。如果您知道她是多么温柔，多么老实，如果您了解她的为人，您也会喜欢她的。"

"你是一个孩子，"我的父亲接着又说道，"我已经对你讲过她的事情，你怎么依然糊涂到这个地步？把你交给你大哥的，就是她本人。如果你是一个聪明人，那你就该连她的名字也忘记得干干净净。同时，如果你是一个聪明人，应该利用我对你的宽恕。"

我辨别得非常清楚，他的话是有道理的。是一种无法克制的冲动，才使我站在我的不忠实的爱人一边。

"天啊！"我沉默了一会儿以后，又说道，"我是所有的出卖行为中一个最卑鄙的行为的不幸的牺牲品，这是再千真万确不过的事情了。是的，"我流着忧愤的眼泪继续说道，"我看得很清楚，我只不过是一个孩子。我轻易相信别人，真不值得他们欺骗。但是，我也明白地知道我该怎样为自己报仇。"

我的父亲想知道我有什么打算。

"我要到巴黎去。"我对他说，"我要放火把B的房子烧掉，我要活活地烧死他，并且烧死负心的曼侬。"

这样激烈的话使我的父亲听了发笑，结果只有把我更加严密地关在我的牢房里。

我在这间牢房里被关了整整六个月，第一个月，我的心境没有多大变化。我的全部感情只是恨与爱，希望和绝望的不断变换，全看对我心里所想到的曼侬的看法如何来决定。有时候，我把她只看成是一个最可爱的少女，我发愁地指望再看到她；有时候，又只把她看作是一个下贱的、不忠实的爱人，发了千百遍的誓，如果去找她的话，那仅是为了去惩罚她。

他们给了我一些书看，要使我的心灵稍许得到一点安静。我把我所喜欢的作家全部重读了一遍，还新认识了一些作家。我对于学习重又发生无穷的兴趣。您将会看到在下文里这对我有什么益处。贺拉斯和维吉尔①的著作中有许多地方我过去看来觉得晦涩难懂，如今从爱情里得到的启发使我在它们当中找到光明。我对《伊尼特》②的第四卷③作了一篇关于爱情的评论，我想将它公布于世，并且猜想读者会对它感到满意。"天啊！"我一面写那篇文章，一面自言自语地说，"像我这样的一颗心，应该献给忠实的狄多。"

有一天，梯伯史到我的牢房里来看我。我很惊诧，他竟那样热烈地拥抱我。我当时对他的友爱还一点也没有得到证明，无法使我认为它与年龄不相上下的年轻人之间形成的简单的同窗之谊有所不同。我有五六个月没有和他见面了，我觉得他改变得和成长得连他的容貌和谈话声调都使我充满敬意。他对我谈话时的态度，与其说像同学，还不如说像贤明的劝告者。他惋惜我陷入歧路，又庆幸我改过自新，他相信我的悔改成绩很好，最后，他劝我记住这次青春时代所犯的错误的教训，张开双眼，认清肉欲之乐的虚幻。

---

① 维吉尔（公元前70年–19年），古代罗马著名诗人，主要作品有牧歌十首，田园诗四卷和史诗《伊尼特》。
② 《伊尼特》是维吉尔的代表作，共十二卷，内容写特洛伊战争中的一个英雄伊尼斯的经历。
③ 《伊尼特》第一卷写伊尼斯当特洛伊被希腊人攻陷时逃了出来，在海上漂流七年，后在迦太基登陆，迦太基的女王狄多爱上了他。二、三卷，写伊尼斯应狄多之情，叙述自己的经历。第四卷则写伊尼斯与狄多结婚，诸神却命令他离开狄多，去意大利另建一个新的王国；伊尼斯不得不离开迦太基，忠于爱情的狄多在绝望中自杀。

　　我带着惊诧的神情望着他，他立刻发觉了。

　　"我亲爱的骑士，"他对我说，"不是确确切切真实的，以及不经过一场严格考查我难以相信的事情，我是一点儿也不会对您说的。我跟您一样，爱好肉体的享乐，但是上天同时也赋予我对德行的兴趣。我曾经运用我的理智，比较了两方面的结果，没有多久时间我就发现了其中的区别。上天的援助引导了我的思考。我对于人世存在着一种无法比拟的轻蔑。"他又继续说下去，"您猜得出支持我、不让我沦入孤寂的是什么力量吗？那仅仅就是我对您的亲密的友谊啊。我认识您心灵上的和精神上的特点。没有哪一种良好的行为，您是不能做到的。享乐的邪恶使您背离正道。对于德行来说，这是多么大的损失啊！您从亚眠逃走这件事，使我感到非常痛苦，从那以后，我连片刻的快乐也没有享受过。从您的逃走和它使我采取的措施当中您就能看得出我的心情了。"

　　他对我叙述说，自从发现我欺骗了他，我带着我的爱人动身以后，他便骑马追我。但是，由于我早走了四五个小时，他不可能赶上我。不过，当我离开圣－德尼半小时以后，他也到了那儿。他肯定我会在巴黎住下，于是就花了六个星期的功夫找我，结果毫无所获。凡是他自以为能够找得到我的处所，他都找遍了。有一天，他终于在喜剧院①看到了我的爱人。她衣饰华丽，他因而猜想得到她这样阔气，准是有了一个新情人。他跟着她的马车，一直跟到她的家，从她一个仆人那儿打听到她是依靠B先生的慷慨解囊生活的。

　　"我绝不到此为止，"他继续说道，"我第二天又去那儿，要从她嘴里探听您的下落。她一听到我提到您，就急急忙忙

─────────────

　　①　喜剧院，全称是法兰西喜剧院，又名法兰西剧院，1680年建立。

地走开了。我得不到别的任何有关您的消息，只好回到外省。我在外省才知道了您的遭遇，以及这场遭遇给您带来的极其狼狈的结果。但是，如果我事先不确信您已经平静下来，我是不愿意来看您的。"

"那您见到曼侬了？"我叹着气应着说，"天啊！您可比我幸运得多了，我是命中注定永远也见不到她呢。"

他责备我不应该叹气，他说这种叹气仍然表示我对她表示软弱。他很巧妙地恭维我性格上的优点和我的气质，使我从他第一次来看我以后，就产生了一种强烈的愿望，要像他一样放弃一切世俗的享受，投身到宗教界去。

我对于这个念头感到颇有兴趣，以致当我独自一人的时候，我不再关心其他的事情。我记起了亚眠主教的讲话，他也给过我同样的劝告。他并且祝贺过我，说如果我走这条道路，我将会得到幸福。宗教的虔诚与我的思考混合到了一处。"我今后要过一种圣洁的、教徒的生活，"我对自己说，"我要专心于学问和宗教，这样，就绝不允许我想到爱情上的危险的享乐。我将会轻视一般凡夫俗子所羡慕的事物，由于我清楚地感觉到我心里所企求的正是他们所敬重的，因此我的忧虑将和我的欲望一样少。"

在这方面，我首先拟好了一个平静而孤寂的生活计划。我在这个计划中拟定要有一幢僻静的住宅。树林环抱，花园尽头有一条缓流的小溪；还要有一个藏有一些精选过的图书的书斋；朋友不多，但都是品德高尚、学识渊博的人；饭菜可口，但简单而有节制。

在计划中我还打算跟一个住在巴黎的朋友通讯，他会告诉我一些社会上的消息，这并不是只为了满足我的好奇心，主要的是从世人疯狂的行为中得到消遣。"难道我不会幸福吗？"

我又对自己说道，"我所有的愿望根本不能得到满足吗？"这个计划非常和我的兴趣自然符合。但是，在这样明智的安排以后，我感觉到我的心还在等待什么似的，我又感觉到，在这最可爱的独居生活中，要想别无所求，那就应该有曼侬在身边才行。

但是，梯伯史仍然抱着他原来对我提过的企图，继续不断地来看我，于是我找机会把这件事告诉了我的父亲。他对我说，他的意旨就是任凭他的孩子们自由选择他们的事业，他又说，不论我怎样安排自己，他只保留用他的教导来帮助我的权利。他当时给了我一些非常贤明的教诲，内容并不是叫我厌弃自己的计划，而是要我清醒地去实现它。

下一个学年又要开始了，我得到梯伯史的同意，一同进圣－舒尔比斯修道院①。他是去读完他的神学功课，我则是开始这门课程的学习。他的优点是教区的主教所熟识的，在我们动身前，这位主教使他今后可以享用一笔很可观的圣俸②。

我的父亲以为我的热情已经完全消失，因此，毫不为难地让我去巴黎。我们到了巴黎。教徒的衣服代替了马尔他会的十字章，格里欧神甫的名字代替了格里欧骑士。我专心致志地研究功课，短短几个月内，就有了显著的进步。我利用晚上一部分时间学习，在白天不浪费半点时光。我变得非常有名，甚至人们已经向我祝贺，说我不会不获得显赫的职位。我并没有申请，我的名字就被列在领圣俸的名单上。对宗教的虔诚我不会忽视。我对所有的修业都满怀热忱。梯伯史把这些都看作是他的功劳，因此万分高兴，他认为我已改过自新，

---

① 圣－舒尔比斯修道院，是巴黎一所著名的修道院，这种修道院是天主教内培养神职人员的学院。
② 圣俸，是神甫的一种固定收入。

我有好几次看见他流着眼泪，称赞我的这种表现。

人们的决定常会改变，这一点从来不使我感到惊诧。一种热情产生了那些决定，另一种热情却能够把它们摧毁。但是，当我想到引我进圣－舒尔比斯修道院的决定是如何圣洁的时候，当我想到上天实行这些决定使我感到的内心的快乐的时候，我对自己居然能够那样轻易地破坏这些决定，不禁感到惊慌。如果上天的援助真的是随时都具有一种与热情的力量相等的力量，那么人们就要对我解释一下，一个人由于什么不幸的势力，会突然远离他的义务，而且不能有一点点的抵抗，也不感到一点点的沮丧。

我认为自己已经完全摆脱了爱情方面的种种弱点；我仿佛觉得我宁愿阅读圣奥古斯丁[1]的著作，或者进行一刻钟的天主教的默思，而不愿意享受一切的官能上的快乐，连曼侬可能供给我的也包括在内。然而，那不幸的一刹那，使我重新堕入了深渊，我一下子堕到前次我从中出来的那样深的地方，而且，纠缠住我的新的迷乱，使我愈来愈往深渊的底层跌下去，因此，我的堕落是再也没法挽救的了。

我在巴黎快度过一年光景，没有探听过曼侬的消息。开始的时候，我非常费力地克制自己不去查询，梯伯史的不断的劝告，加上自己反复思虑，终于使我获得胜利。最后几个月风平浪静地过去了，我还以为我已经完全忘记了这样一个美丽而无情的女人。我去神学院做公开辩论[2]的日子到了。我邀请了几位有地位的人物驾临。我的名字因此传遍了巴黎的各个区，一直传到了我的那个无情无义的女人耳中。我的名字后

---

[1] 圣奥古斯丁，是基督教初期的圣师，生于354年，卒于430年，有著作多种。
[2] 公开辩论是一种考试方法，在索尔朋神学院里进行应考的人要和许多人辩论，有时要达十几小时。

面带着"神甫"这个称呼，她没有把握认出这个人便是我。但是，她还没有完全失去好奇心，或者也许是由于多少有些后悔当初背弃了我（这两种感情究竟是哪一种，我到现在还不能弄清楚），使她对一个和我的名字如此相像的名字产生了兴趣。她和另外几位太太来到了索尔朋[①]。她出席了我的辩论会，毫无疑问，她很容易就认出了我。

她的来临，我一点儿也不知道。谁都晓得，在这些地方，设有专门给妇女们坐的特别座位。她们都藏在一道帘子后面。我回圣-舒尔比斯的时候，全身满载了荣耀和人们的称颂。

这时已经是晚上六点钟了。我回来没有多久，有人来通知我说，有一位太太请求见我。天啊！这是多么令人吃惊的幻影！我看到了曼侬。那是她，但是比我从前看到的更可爱更动人了。她当时是十八岁，她的风韵是人们无论怎样描画也描画不出来的。她的神态是那样秀丽，那样温柔，那样迷人！这是爱神本身的神态啊。在我眼里，她周身都充满惑人的魅力。

一看见她，我完全惊慌失措了。我猜不出她这次拜访的目的何在。我低下眼睛，全身颤抖，等待她说明。她有一阵时间跟我一样不自在，但是，看到我一直不说话，她就把手遮住双眼，掩盖住她流下的几滴眼泪。她用战战兢兢的语气对我说，她承认她的背情负义应该为我所恨，可是，如果我真的对她有过一些爱情的话，那么，在这两年当中，我不打听她的下落，也未免太冷酷了。而且，现在看到她在眼前，却对她一句话也不说，那就更加显得狠心。

我听她这样讲，内心烦乱不已，真是无法形容。

她坐了下来，我仍旧站着，身子稍许偏向一边，不敢正

[①] 索尔朋，这个名称来自其创办人罗伯尔·德·索尔朋，最初是神学院，现在是巴黎大学的文学院和神学院。

面对她看。我好几次开口回答她，却没有力量讲下去。最后，我花了很大的气力才痛苦地喊出来："无情的曼侬！啊！无情的女人！无情的女人！"

她热泪直流，对我再三地说，她丝毫也不想替她的负心辩解。

"那您想干什么呢？"我又大声说。

"如果您不把您的心还给我，"她回答我说，"我想一死算了，没有您的心，我是不可能活下去的。"

"把我的生命拿去吧，无情的女人！"我一面说，一面也流下了眼泪，我想克制住，但是没有一点用。"把我的生命拿去吧，这是我留下来的唯一能够为你牺牲的东西了。因为我的心从来都是属于你的呀。"

我刚说完这最后一句话，她立刻狂热地站起来，走到我跟前抱住了我。她热情地吻了我千百次。她用爱神发明的一切名字来称呼我，表明她最炽烈的爱情。我还是用冷淡的态度来回答她。的确，我原来心境平静，现在却感到自己的感情重又如此激奋，这变化是多么大啊！我因此震惊。我颤栗，就好像一个人深夜在荒野独行似的。我觉得自己置身于许多新的事物当中，全身都感到一种神秘的恐怖，直到对四周的一切事物观察了许久以后，才定下心来。

我们两人挨近了坐着，我握住她的手。

"啊！曼侬，"我用忧愁的眼光朝她望着，"您用可怕的变节来报答我的爱情，我是根本没有料想得到的。欺骗一颗完全被您掌握的心，一颗以取悦您、服从您为唯一乐趣的心，对您说来，是太容易了。现在，您告诉我，您有没有看见过跟我的心一样温柔一样驯从的心？不会有的，不会有的，大自然不会造出第二颗和我的心一模一样的心。至少您要告诉我，您是不是有时候懊悔过。今天你回心转意了，这种使您回来安慰我这颗心的好心肠，我应该怎样理解呢？我只对您比以前更加美丽动人这一点看得更清楚了。但是，看在我为您受到的一切痛苦的分上，美丽的曼侬，请告诉我吧，您将来会不会比以前更忠实呢？"

她用很动人的话来回答我，表示她悔恨的心情，她又用许多保证和誓言来担保她以后的忠诚，以致我被感动到了无法形容的程度。

"亲爱的曼侬啊！"我把爱情的言语和神学中的词句亵渎地混在一块儿，对她说道，"你真是一个太可爱的女人，我觉得自己的心完全沉醉在胜利的喜悦里。人们在圣－舒尔比斯谈到的所有关于自由的话，都是妄想。我要为你丢掉我的财产和我的名誉，我已经清清楚楚地预见到了这一点。在你的美丽的双眼里，我看到了我的命运；但是有哪种损失我不能从你的爱情当中得到安慰呢！财富的好处丝毫不会打动我的心，荣耀对我来说如同云烟，我的宗教生活的全部计划都是愚痴的想象。总之，一切不是我希望的与你共有的事物，既然不能在我的心中占据片刻，来对抗你仅仅一瞥的眼光，那么，它们就都太没有价值了。"

我答应完全忘记她的错误，却想知道她是怎么样受到B的引诱的。她告诉我说，他看见她站在窗口，就热烈地爱上了她。他以包税人的名义向她表示，也就是说，写信对她说明，金钱的付给与情意将会成正比例。她一开始就同意了，不过她并无其他打算，只是想从他那里得到一笔巨款，能够使我们两个人生活过得舒服。她又说，他用一些非常漂亮动听的诺言把她弄得神志昏迷，结果她就一步一步地被他打动了。但是我应该根据我们两人分手那晚她对我表示出来的痛苦，来判断她内心的悔恨。她对我说，虽然他让她过着养尊处优的生活，可是她和他在一起从来没有尝到过幸福的滋味。这不仅仅是因为在那种生活中，她丝毫也找不到我的感情里的细致体贴，以及我的态度上的和蔼可亲，而且，因为即使是在他不断地使她感到的快乐当中，在她的心底里，却总是保持着对我的爱情的回忆和对她自己的无情感到的内疚。她还对我谈到了梯伯史，谈到了他的趋访给她造成的极度的窘迫。

"即使心上给刺了一剑，"她继续说道，"也不会使我的鲜血那样激动。我对他转过身去，面向着他，我真是片刻也难支持。"

她又继续对我说她是用什么方法知道我在巴黎居住，我的身份的改变，以及我去索尔朋应试的事情。她对我肯定地说，在我进行辩论的时候，她激动万分，不但很难抑制住眼泪，而且也很难抑制住好几次几乎要发出声来的悲叹和呼喊。最后，她对我说，为了遮掩她的不安，她是最后一个离开那个场所的。她又说，她只是随着内心的激情和强烈的愿望，才一直来到修道院，如果她发觉我不想原谅她，她决心死在这里。

哪里能找得到一个野蛮人能不被如此热烈如此柔情的追悔的态度感动呢？对我来说，我觉得在这个时候我真会为曼侬而牺牲天主教管辖的所有教区。我问她，我们的事情她认为做怎样新的安排才合适。她对我说，应当立刻离开修道院，然后找一个比较安全的地方住下。她的一切主张我都同意，丝毫也不反对。她上了她的马车，到街口等我。

一会儿以后，我逃出来了，没有让守门的人看见。我上了马车。我们经过一家旧衣铺，我重新穿上有饰带的衣服^①，又佩上了剑。我一个铜子儿也没有带，全是曼侬付的款。她害怕我离开圣－舒尔比斯的时候会受到阻挠，所以不愿意我回到自己房间里去一下，好把我的钱带走。不过，我的财产也实在有限得很，她却由于B的赠送，相当富裕，因此她叫我丢弃掉的那点儿钱，她是看不上眼的。我们就在这家旧衣铺里谈论起下一步该怎样办。

她为了表示我的价值远远超过了她为我牺牲B所做的后果，因此决定一点儿也不对他客气。

"他的家具，我要留给他，"她对我说，"那是属于他的，但是两年来我从他那儿得到的首饰和将近六万法郎现款，我要全带走，这是合法的。"她又补充说，"我并没有把管束我的权力交给他，所以，我们尽可以一点也不用害怕地住在巴黎，我们找一所合适的房子，幸福地住在一块儿。"

我告诉她说，这对于她可能没有一点危险，对我来说，危险却有许许多多，我迟早会被认出来，那我就要不断地遭到我曾经受到过的灾难。她对我表示她很不愿意离开巴黎。我非常怕惹她伤心，为了要博得她的欢心，任何冒险的事情我都是不畏惧的。不过我们找到了一个合理的办法，就是在巴黎近郊的某一个村子里租一所房子，如果我们兴致好，或者有事的时候，进城是很方便的。我们选定了沙伊若^②，它离城不远。曼侬马上就回到她住的地方去了，我上杜勒里花园^③的小门外面等她。一小时后，她乘了一辆雇来的四轮马车来了，身边还带了一个服侍她的女仆和几件行李，行李里装的是她

---

① 指格里欧重新穿上世俗服装。
② 沙伊若，巴黎西郊的一个村镇，现并入市内。
③ 杜勒里花园是巴黎著名花园。

的衣服和她所有的贵重物品。

我们一刻也不迟延地赶到了沙伊若。第一天晚上，我们住在旅馆里，为的是能够有时间找一所房子，或者至少也要找一处有几个房间的舒适的寓所。到了第二天，我们终于找到了一处适合我们爱好的地方。

首先我就感觉到我的幸福建立起来了，不可动摇地建立起来了。曼侬，就是温存，就是体贴。她对我的关怀是这样的细致，竟使我相信我以往所受的痛苦，全都得到了过分的补偿。因为我们两人多少得到了一点儿经验，所以我们就讨论了我们的财产是不是经用这件事。我们的财产总数是六万法郎，这样一笔钱是不能维持我们一辈子的生活的。同时，我们也不打算在开支方面过分节省。曼侬最主要的德行，跟我的一样，不是俭朴。于是，我便提出了这样的计划，我对她说："六万法郎可以维持我们十年的生活。如果我们一直住在沙伊若，一年用两千埃居就够了。我们会在这儿过一种体面的，可是简单的生活。我们唯一的花费便是自备一辆四轮马车，到戏院看看戏罢了。我们要处处自我克制。您爱上歌剧院①，我们一个星期去两次。至于赌博，我们要相当地节制，每次即使要输也绝对不超出两个皮士多勒。在这十年里面，我的家庭不可能一点儿变化也不发生。我的父亲年纪很大了，可能去世。他一去世，我就可以继承一笔财产，那么什么恐慌我们都不用担心了。"

如果我们小心谨慎，始终这样安分守己，这样的安排算不得是我一生中最轻率的行为。可是我们的决心过了一个月的功夫就消失得干干净净。曼侬沉溺于寻欢作乐，而我又迷恋

---

① 歌剧院，1671 年创立。

着她。任何时刻都给我们带来新的用钱的机会。我不但对于她有时候浪费掉的钱毫不感到吝惜，而且抢着把我以为可以讨她欢心的各种东西全都买来送给她。我们在沙伊若的住宅，对她来说，渐渐成为一种负担了。

冬天近了，所有的人都回到城里去住①，乡村变得荒凉起来。她向我提议到巴黎去租一所房子，我不同意。但是为了多少满足一下她的愿望，我就对她说，我们可以在巴黎租一套有家具的房间。每个星期我们在城里有几次聚会②，如果耽搁得迟了，我们就留在那儿过夜，因为时间很迟，回到沙伊若来是很不方便的，而她呢，就是拿这个原因作为她想离开沙伊若的借口。这样一来，我们便有了两所住宅，一所在城里，一所在乡下。这个变动不久以后给我们俩的事情带来极大的混乱，发生了两次使我们陷于绝境的意外波折。

曼侬有一个哥哥，是一个近卫军③。不幸他在巴黎偏偏和我们住在同一条街上。有天早晨，曼侬站在窗口给他看见了，他认出了是他的妹妹，他立刻跑到我们家里来。这是一个粗暴无礼的家伙。他一面凶狠地骂着，一面走进了我们的房间，因为他知道他妹妹的一部分冒险活动，所以尽兴地辱骂她，责备她。

我刚刚出去不一会儿，对他也好，对我也好，这无疑都是一件幸事。我这个人是绝对不愿意受人侮辱的。他离开以后，我才回家。看到曼侬悲伤的神情，我知道准是发生了什么不平常的事情。她告诉我她刚才碰到的难堪情景，以及她哥哥对她的粗暴的恐吓。我听了后，心头涌起万分怨恨，如果她

① 当时沙伊若是在郊区，巴黎城内的有钱人天热时来此暂住，天冷回城里。
② 当时这种聚会的主要内容便是赌博。
③ 近卫军是替国王服务的军队。

没有用她的眼泪拦住了我，我真会立即去为她报仇。

我正跟她谈着这件事的时候，那个近卫军不叫别人通报，又走进了我们的房间。如果我认识他，我就不会这样客气地接待他。但是，我们都带着笑容行了礼。他乘这机会对曼侬说他因为他刚才的失礼行为，特地前来道歉；他说他原来以为她生活放荡，这个想法激起了他的愤怒，但是他在我的一个仆人那儿了解了我的为人，同时知道了一些关于我的相当值得称许的事情，这使得他很渴望和我们和好地在一起生活。

去向我的一个仆人打听我的情况，这件事虽然有一点可笑，而且没有礼貌，可是我仍然客客气气地接受了他的恭维话。我以为这样做会使曼侬快乐。她看见他来表示和好，显得很高兴。我们留他一同吃晚饭。

没有多久，他就变得很亲热，听到我们要回沙伊若，一定要陪我们去。我们不得不在马车里给了他一个座位。这是一种占有行动的开始，因为不久他就老是很高兴地来看望我们，简直成了习惯，后来竟把我们的家看成是他的家，对于我们的任何东西，差不多他都以主人自居了。他把我叫作他的老弟，借着兄弟之间可以毫无拘束为理由，他把他所有的朋友都带到我们在沙伊若的住宅里来，用我们的钱招待他们。他用我们的钱做了许多讲究的服装，甚至要我们代他还清他全部的债务。为了不叫曼侬不高兴，我对他这种专横的行为只有紧闭双眼，故意不闻不问；就是他不时从她那儿拿去一大笔一大笔的钱，我也装聋作哑。他是一个大赌徒，遇到他运气好的时候，他的确还算守信用，还一部分给她；可是他用钱太无节制，我们要长期维持他的开支，经济能力是太不够了。我正预备痛痛快快地把事情对他说说清楚，好使我们摆脱他的纠缠，这时候发生了一个飞来横祸，使我逃脱了这一种麻烦，却给我们带来了另一种厄运，它使我们堕入深渊，无法得到拯救。

有一天我们留在巴黎过夜，这样做对我们来说已经习以为常了。第二天早上，那个遇到这种情形总是单独待在沙伊若的女仆来报告我们，说昨天夜里，我的房子起了火，费了很大的劲才把火扑灭。我问她我们的家具有没有受到损失，她回答说前来救火的外人太多了，因此乱糟糟的一片，究竟有没有损失，她不能肯定。我们的钱都锁在一只小箱子里，我不禁因此心惊胆战起来。我连忙赶到沙伊若去。我白白跑了一趟，那只小箱子早已不见了。

这时候我体会到一个人即使不是守财奴，也是会喜欢金钱的。这一次损失让我感到了极大的痛苦，甚至我想我因此连理智也丧失了。我立即就了解到我将会遇到一些什么样的不幸，其中贫穷还算是最轻的呢。我熟悉曼侬这个人，我早已有了充分的证明：她在安乐的环境中，虽然对我忠实依恋，但是遇到苦难，就不应该再相信她。她太喜欢奢侈和享受，不会为了我而把它们牺牲掉的。

"我将要失去她了，"我大声地说，"不幸的骑士啊，你所爱的一切，你又要全部失去啦！"

这个念头教我烦乱万分，使得我竟有好一会儿犹豫不决，考虑以一死来结束我一切痛苦是否要好一些。不过，我多少还保持着一点儿镇静，可以在临死之前思考一下我是不是除此以外毫无办法可想了。老天教我想到了一个主意，平定了我绝望的心情。我想我们这次的损失，并不是不能够瞒住曼侬的，依靠机智的本领，或者依靠偶然的运气，我也许还可能体面地维持她的用项，不让她感到有什么短缺。

"我计算过，"我安慰自己道，"两万个埃居可以维持我们十年的生活。譬如这十年已经过去了，我盼望的家里的变化却没有发生，那我又该怎样办呢？现在我很难知道。不过那时候我要怎样做的话，今天谁能阻止我也那样做呢？在巴黎有多少人在生活，他们智力不及我，天赋也不及我，然而他们依靠自己的才干生活，就像真有才干似的！"我思考了生活的各种不同的境况以后，又对自己说道，"天主不是非常贤明地安排好了天下的事物吗？有财有势的人，大部分都是蠢货，一个人只要稍许懂得一点世事，就会看得清清楚楚。像这样的安排真是了不起的公正啊。如果有钱的人又有才能，那他们真是太幸福，而其余的人，也真是太可怜了。对没有钱的人来说，他们健康的身体和高尚的灵魂，就好像是使他们摆脱不幸与贫困的方法。有些人为大人物的享乐效劳，分得一些他们的财富，这些人愚弄了他们。另一些人教育那些大人物，设法使他们成为正人君子。事实上他们很少得到成功。不过那并不是神明的目的。他们始终依靠他们的努力获得利益，仗着损害那些受他们教育的人生活。不管根据哪一点来看，富贵人物的愚蠢总是低贱人物经济收入的最好来源。"

这些想法使我的心情和头脑稍许得到了一点儿安定。我打定主意先去请教曼侬的哥哥雷斯戈先生。他对于巴黎太熟悉了，我有好多次机会知道他的最明显的收入，既不是来自他的产业，也不是来自国王的酬劳。我只剩下了二十个皮士多勒，因为它们幸好放在我的口袋里。我把这笔钱拿给他看，并且对他叙述我遇到的不幸和我感到的恐慌，接着我问他，我在饿死和由于绝望而自杀之间，还有没有别的路好走。他回答我说，自杀是傻子干的事；说到饿死呢，只有许许多多聪明人不愿意使用他们的才能的时候，才会走这一步。他叫我想想我能够干什么，他向我拍胸保证，我不管干什么事，他都会帮助我，指导我。

"雷斯戈先生，这些话都太空洞啦，"我对他说，"我急需要一个眼前就能解决困难的妙计，因为您想我怎样去对曼侬说呢？"

"说到曼侬，"他又说道，"那对您有什么妨碍呢？只要您愿意，难道您靠着她就得不到解决您心事的法子吗？像她这样的姑娘，应该维持您，维持她，以及维持我，我们三个人的生活。"

这种无礼的话，我自然要答辩，可是他打断了我的话，继续对我说，只要我照他所嘱咐的话去做，他可以向我担保不到天黑就可以弄到一千个埃居，由我们两人平分。他说他认识一个贵族，在寻欢作乐这类事情上，相当慷慨，为了得到像曼侬这样的一个女人的欢心，花上一千个埃居，对他来说真是毫不在乎的事情。我阻止他再说下去。

"我本来对您印象很好，"我对他说，"我当初所认为的您跟我结成朋友的动机，和您现在的动机是完全相反的感情。"

他厚颜无耻地向我承认他一向都抱着这样的想法，他说他的妹妹虽然受到一个热爱她的人的宠爱，但是她已经牺牲了她的贞节，他如果不希望从她的丧失廉耻的行为当中得到好处，是不会跟她和好的。

现在我很容易地看明白了，一直到今天，我们都受了他的愚弄。他的这番话尽管使我心里感到厌恶，然而我眼前需要用他，不得不带笑回答说，他这个主意是最后一个手段，应该放到无路可走时再实行。我请他再替我想想别的方面有什么法子。他向我建议，利用我的青春年少和天生的漂亮容貌，去结交一个年老而又手头大方的阔太太。我对这个办法也没有什么兴趣，这样做将会使我对曼侬不忠实。

　　我向他谈到赌博，我说这是最方便的法子，对我当前的处境也最适合。他对我说，赌博的确是一个办法，不过这得说明一下：带着一般人的希望，仅仅去赌一赌，那我准要输得一干二净；要是想独自一个人，没有一个帮手，去使用灵巧的人使用的那些能左右财气的小手法，那也是太危险的事情。他说，有第三条路可以走，就是跟人合伙干。不过我年纪还轻，他怕那些同伙的先生们会以为我还不够入伙的资格。不过不管怎样，他答应在他们面前替我通融通融，而且，完全出乎我的意料，他居然表示如果我有急用的时候，他可以借给我一点点钱。当时我向他要求的唯一的援助，就是不要把我遭受到的损失和我们这场谈话的内容告诉曼侬。

　　我从他那里出来，比我当初进去的时候还要不愉快，我甚至后悔不该对他泄漏了自己的秘密。他并没有为我做什么事，而他所说的那些话，即使我不向他吐露真情，也是能够听得到的。同时，我非常害怕他不守信用，把同意不说的事情全讲给曼侬知道。从他刚才表现出来的感情看，我也有理由担心他会按照他自己的坏主意，把曼侬从我手上抢走，完成他的利用她诈骗钱财的计划，或者至少建议她与我脱离，另外去跟一个更有钱更有福气的情人。我在这个问题上反复想了无数遍，结果只有使自己痛苦不堪，早晨的绝望情绪重又充塞心头。好几次我想写信给我父亲，假装改过自新，好从他那儿骗到一些金钱的援助。可是，我立刻记起来，虽然他十分慈爱，但是我第一次做了错事，他就把我关在一间狭小的房间里，关了六个月。我从圣-舒尔比斯逃走，引起了那样惹人注意的流言蜚语以后，我相信现在他对待我一定要比过去还要严厉了。

　　我左思右想，茫无头绪，最后却想出一个办法，立刻使我的心境平静了下来。我奇怪为什么没有早一点想到；这个办法便是去求助我的朋友梯伯史，从他那儿我肯定永远都会得到永恒的热情和友谊。

对那些我们深知是正直忠诚的人，我们怀着无限信任他们的心情去接近他们，天下没有比这个再值得称道的事情，也没有比这个更能使德行增添荣耀的事情了。我们会感觉到这是丝毫危险也没有的。如果他们不会总是有能力帮助你的话，我们也完全相信至少能从他们那儿得到同情和怜悯。我们的一颗心，在别人面前，是小心谨慎地关起来的，而在他们面前，则自然而然地打开来了，就好像一朵鲜花迎着阳光开放一样，鲜花所期待的，只是阳光给它的一种温暖的照拂。

我觉得这样适时地想到了梯伯史，真好像是上天保佑的结果。我决定在天没黑以前设法看到他。我立刻回到家里，写了一封信给他，告诉他一个适合我们见面的地点。我请求他保守秘密，行动谨慎，要把这件事看作是在我的处境当中他能给我的一个重大的帮助。

有希望见到他，使我感到快乐，因此，曼侬可能会看出来的我的愁眉苦脸的样子，也消失了。我对她说到我们在沙伊若遭到的不幸，把它说成一件不会使她惊慌的细小事故。而巴黎是世界上她觉得最最高兴待的地方，所以她听到我说要暂时住在巴黎，一直等到沙伊若的房子火烧的轻微损伤修好以后才回去，一点儿也不感到懊丧。

一个钟点以后，我接到了梯伯史的回信，答应去我约定的地点。我迫不及待地赶到了那儿。但是让自己出现在一个朋友眼前，我总觉得有点儿羞愧，单单他这个人在我面前一站，就等于是对我的荒唐行为的一种斥责了。不过我知道他心地仁慈，而且想到与曼侬利害有关，因此又有了勇气。

　　我请他在故宫花园①和我会面。他比我先到。他一见到我，就跑过来和我拥抱，他紧紧地把我抱了好长时间，我觉得自己的脸全给他的热泪流湿了。我对他说，我面对着他，真是感到惭愧，由于我的忘恩负义，我心里说不出的难受，现在第一件事便是请求他告诉我，在我完全应该失去他的尊重和友情之后，他是不是还允许我把他看成是我的朋友。他用最温和的语气对我说，什么都不能够使他抛弃这种身份，甚至我的不幸，如果我准许他可以这样说的话，还有我的过错和我的荒唐，也都增加了他对我的情谊。不过，他又说，在这种情谊当中，混杂着极深的痛苦，这种痛苦就像眼看着一个亲爱的人面临万丈深渊，却不能去救他的时候所感到的那样。

　　我们在一张凳子上坐了下来。

　　"唉！"我从心底里发出一声叹息，对他说道，"亲爱的梯伯史，如果像您所说的，您对我的同情果真和我的痛苦一样深，那您的同情心实在太了不起了。我让您看出我的痛苦，着实惭愧，因为我承认那使我痛苦的原因很不体面，不过痛苦的结果却是如此悲惨，即使一个人用不着像您这样爱我，他也会为之心动的。"

　　他要求我为了表示对他的友谊，把我离开圣－舒尔比斯以后经过的情况，都老老实实地告诉他。我满足了他的要求。我既没有假造什么事实，也没有为了使我的过失可以得到别人更多的原谅而加以掩饰。我带着热情给予我的所有力量，向他谈到我的一片痴情。我对他说，这种痴情就好像命运对人的一次特别的打击，它要把一个不幸的人向毁灭的道路上拉去，这既不是一个人的德行能够抵抗的，也不是一个人的智

---

　　① 故宫花园，故宫是17世纪红衣主教吕希留所建送给国王的皇宫，中间的花园对外开放。

慧能够预见的。我把我的激动，我的忧虑，在和他见面以前两小时的时候所感到的绝望，以及如果我的朋友们像命运之神一样无情地丢弃我，我将要重新陷入的那种孤苦无援的境地，全都生动地描述给他听。

最后，我说得善良的梯伯史感动得那样厉害，我看出他甚至由于同情心而感到苦恼，就好像我由于痛苦的感情在苦恼一样。

他不住地拥抱我，一点也不觉得厌倦，并且鼓励我鼓起勇气，不用难受；但是，他始终主张我应该离开曼侬。我便坦白地对他表示，这种分离我认为是我最不幸的事情。我说，在接受一种比我全部的不幸加起来还难容忍的解决困难的方法以前，我不仅情愿负担最大的痛苦，而且连最残酷的死也愿意忍受。

"我所有的建议，既然您一个都不同意，"他对我说道，"那么您来说说看，我能够给您什么样的帮助呢？"

我不敢对他明白表示我所需要的是他的钱。不过他终于猜到了，他对我说他懂得了我的意思，接着，他带着那种迟疑不决的神情，考虑了一会儿。

"您不要以为我这样迟疑，是由于热情和友谊冷淡下来了。"他立刻又说道，"但是，如果我或者是应当拒绝您想得到的唯一帮助，或者是应该损害我的责任而答应帮助您，您叫我怎样选择呢？我要是听任您长期这样下去，岂不是在帮助您荒唐堕落吗？"

"不过，"他思索片刻以后，继续说下去，"我猜想也许是贫穷使您神经兴奋，所以不容您有自由来挑选一个较好的办法。需要心灵安静才能体会才智与真理。我有法子使您可以得到一点儿钱。亲爱的骑士，"说到这儿，他又拥抱着我，继续说下去，"允许我只提出一个条件，这就是把您的住址告诉我，并且，让我至少能够尽自己的力量，使您重新回到德行的路上来，我知道您是爱好德行的，只是您的情欲的强烈，才使您误入歧路。"

他所希望的事，我全都诚恳地答应了下来，我请他怜悯我命运险恶，以致一个贤德的朋友的劝告，我也不能很好地听从。他立即带了我去找他相识的一个银行家，那个人凭了他的条子预付给我一百个皮士多勒。因为他手上可以说没有一文现钱。我在上文已经说过，他没有什么钱。他的圣俸是一千个埃居；可是，这是他有资格领的第一年，他还没有得到一点儿收入，他现在是指着将来的收益借来这笔钱给我的。

他的慷慨的全部价值，我都感觉到了，我因此非常感动，甚至对于那使我违犯了所有义务的害人的爱情的盲目行为，深深感到悔恨。在短短的一会儿时间里面，在我的心里，道德的力量增强了，它能够起来抗拒我的情欲。在这光明的刹那间，我至少感到我受到情欲束缚的羞耻和软弱。但是这个斗争是轻微的，而且时间很短促。一看见曼侬，我就会从天上跌下来。当我重新回到她身边的时候，我觉得惊奇不已，为什么我一时会把对待一个如此可爱的人的正当的爱情，认为是可耻的事。

曼侬是一个性格极为奇特的女人。从来没有一个少女会比她更不爱惜金钱；但是她要是担心没有钱用的时候，就片刻也无法定下心来。她所追求的只是享乐和消遣。假如寻欢作乐能够不用花费一文钱，那她是一个铜子儿也不想要的。她只要日子可以过得舒舒服服，就连我们究竟有多少钱，她也不过问，因为她对赌博并没有狂热的嗜好，也不可能为奢侈的浪费生活所迷惑，所以要使她得到满足，是再容易不过的事，只要每天替她找一点合她兴趣的娱乐就行了。可是，她一心只想娱乐，竟成了不能缺少的事情，如果有一天短少，那她的脾气和她的喜爱就变得丝毫也无法捉摸。虽然她亲切地爱着我，正像她自己所承认的那样，我是唯一能使她心满意足地尝到爱情的甜蜜的人。可是我几乎可以肯定地相信，她的温情是绝对抵挡不住某种恐慌的。我稍微有一点儿钱，她就会放弃世上的一切而宁愿爱我，但是，假使我只剩下坚贞和忠诚贡献给她，那我毫不怀疑地相信，她将会为了某一个新的B而把我抛弃。因此我决定好好地安排我个人的开支，使我永远都有能力供给她的用途，我又决定宁可节省自己一千样必需的东西，而不愿意限制她的挥霍。那辆四轮马车比任何东西都使我觉得担心，因为很明显，那几匹马和一个车夫，是毫无能力维持下去的了。

我将自己的困难全都告诉了雷斯戈先生。我毫不隐瞒地对他说，我从一个朋友那儿拿来了一百个皮士多勒。他又再一次地向我提出，如果我愿意试试赌博的运气，只要我心甘情愿地牺牲一百个法郎来招待他的那些伙伴，靠了他的介绍，他肯定有把握使我能加入他们那个诈骗集团。我对于欺骗的行为虽然很是厌恶，然而，急迫的需要，逼得我只好这样做。

当天晚上，雷斯戈先生把我介绍给他那些伙伴，说我是他的一个亲戚。他又说我需要命运的更大的照顾，所以愈加期望得到成功。然而，为了要让大家明白我并没有穷到一文不名，他对他们说我预备请他们吃晚饭。他们接受了邀请，我很阔绰地招待了他们一顿。他们谈论我外表文雅，天资可爱，谈论了很久的时间，并且说对我抱有很大的希望，因为我的相貌显出一个正人君子的神气，没有人会猜疑到我会弄虚作假。最后，他们感谢雷斯戈先生推荐了一个像我这样有用的新手参加他们的团体，同时派定一个擅长行使欺诈手法的人，在几天之内，把一些必要的手法教我学会。

我施展本领的主要场所，应该是德兰斯瓦尼亚旅馆①，那儿有一间大厅放了一张赌"法拉翁"②的桌子，在长廊上陈设着其他各种纸牌和骰子。这家赌场是R王子③开的，当时他住在克拉尼④，他手下大部分的官员都是我们团体当中的人。我能不顾羞耻地把事情说出来吗？我花了很短的时间，就能运用我师父教会的各种手法了。我特别学会了换牌和送牌的灵巧手法，我极其灵活地靠着两只长袖的帮助，很轻便地把牌调换掉，最机灵的眼睛也会给我骗过，不露一点儿痕迹，便把许多规规矩矩赌钱的人弄得倾家荡产。这种奇妙的技巧使我的财富迅速地增长起来，没有几个星期，我就获得了巨大的款项，而且，这笔钱当中还不包括我好心分给伙伴们的数目。这时候我再也不害怕把我们在沙伊若遭到的损失告诉曼侬知道了。在让她知道这件不幸的消息的时候，为了安慰她，我又租了一幢家具齐全的房子，我们住在那儿，过着富裕安定的生活。

梯伯史在这些时候常常来看我。他的教训永远也没有个完。他不停地对我指出，说我损害了我的良心、我的名誉和我的命运。我友好地接受了他的这些劝告；虽然我一点也不打算听从他的意见，不过我很感谢他的热诚，因为我知道这种热诚是从哪儿来的。有些时候，我甚至当了曼侬的面，开玩笑似的讥讽他，我劝他不必比许许多多的主教和别的那些

---

① 德兰斯瓦尼亚旅馆，当时确有这家赌场，赌场老板是德兰斯瓦尼亚的一个王子拉科西，由于政治原因，他带领手下官员流亡巴黎，以开设这家赌场为生。
② 法拉翁是一种起源于意大利的纸牌。
③ R王子即拉科西（Rakoczi）。
④ 克拉尼，在巴黎郊区。

神甫还要讲究廉耻，那些人很懂得把一个情妇和一笔圣俸之间的关系处理得很恰当。

"您瞧瞧，"我指着我的曼侬的眼睛，对他说，"再告诉我，有哪种错误会因为这样一个美丽的理由而被认为是不正当啊。"

他显得挺有耐心，甚至忍耐到了很大的程度。可是，他看见我的财富增加起来，我不仅还了他一百个皮士多勒的欠款，而且还租了一幢新房子，开销加了一倍，我也比过去更加沉溺在享乐的生活里，这时候，他就完全改变了口气和态度。他悲叹我的执迷不悟，他威吓我说我将要受到上天的惩罚，并且预言，有些灾难不久就要降临到我的头上。

"用来维持您这种放荡生活的钱，"他对我说，"是不可能经过正当的途径得来的。您用不义的手段得到的，它们将会同样给人抢走。天主对您的最可怕的惩罚，便是让您平平安安地享用这些钱。我的一切劝告，"他继续说下去，"对您都没有什么用处；而且我看得很清楚，这些劝告立刻还会使您讨厌。再见吧，无情无义、软弱无能的朋友。但愿您罪恶的享乐会像一个影子一样消逝！但愿您的命运和您的金钱遭到无法挽救的毁灭！而您自己呢，落得孑然一身，一无所有，好叫您感觉到使您疯狂地陶醉的财富，仅是一场春梦！到那时候，您才会发觉我是真心爱您、真心帮助您的人。但是今天我要和您断绝一切来往，我憎恶您过的这种生活。"

他是在我的房间里，在曼侬的面前，对我说的这一番如同使徒①讲的大道理的。他站起身来要离开。我想留住他，但是曼侬拦住了我，她说他是一个疯子，应该让他走掉。

---

① 使徒，即基督的门徒。

他的话不是没有给我留下一点印象。因此我现在能够记得在有些不同的场合里，我的心也产生了回头向善的愿望；正是因为我记起了他的话，所以在往后我一生中最不幸的遭遇当中，我还能显示出一部分的力量。

曼侬对我的抚爱，在顷刻之间就驱尽了这件事给我带来的忧愁。我们继续过着一种全是享乐和爱情组成的生活。我们财产的增加使我们的爱情更加浓厚。维纳斯①和命运女神绝对不会有比我们还幸福还多情的奴隶了。天呀，人们能够在世界上尝到这样可爱的快乐生活的滋味，为什么还要把世界叫作悲惨的地方呢？但是，唉！这种快乐生活的弱点就是过得太快了。如果它们能够永远继续下去，那么人们何必再追求什么其他的幸福呢？我们的快乐生活遭受到普遍的命运，就是说，时间短促，而且，接着而来的便是痛苦的悔恨。

我靠着赌博，得到了很多钱，所以我就想到存起一部分。我们的仆人对我的致富经过并不是不知道，特别是我的随身男仆和曼侬的侍女。在他们面前我们常常毫不忌讳地谈话。这个侍女长得很漂亮，我的随身男仆爱上了她。他们所要对付的主人年纪既轻，又挺随和，他们认为是可以轻易欺骗的。于是他们就定了一个计策，而且照做了。他们的行为给我们造成了极大的不幸，我们因此陷进永远无法摆脱的境地。

有一天晚上，雷斯戈先生请我们吃晚饭。我们回到家里大概是半夜里了。我叫唤我的男仆，曼侬找她的侍女，两个人都不见来。别人告诉我们，八点钟以后，在家里就没有再看到他们了，他们说遵照我的吩咐，叫人搬走了几只箱子，然后出了门。我预料到了一部分的真实情况，但是我的猜疑并不

---

① 维纳斯，是罗马神话中的爱与美的女神。

全对，我走进自己的房间看到的情形，超出了我的猜疑。我内室的锁给弄坏了，我的钱和所有的衣服都不见了。当我独自在想着这件意外事故的时候，曼侬慌慌张张地跑来告诉我，她的房间也遭到了同样的洗劫。

这个打击对我是如此的残酷，我仅仅凭了一种超凡的理智的力量，才没有大声哭叫起来。我害怕将自己的绝望心情传染给曼侬，于是便装出泰然的神情。我还开玩笑说，我要在德兰斯瓦尼亚旅馆找一个傻子报复报复。但是我觉得她对我们遇到的不幸很难受，因此，我想使她不至于过于沮丧而假装出来的快乐神情，反而不及她使我烦愁的忧虑来得力量大了。

"我们完啦！"她含着眼泪对我说。

我尽力显出亲热的样子来安慰她，但是一点儿用处也没有；我自己流出来的眼泪，完全暴露了我的绝望和我的窘困。的确，我们是彻底破产了，甚至连一件衬衣都没有了。

我决定差人立刻把雷斯戈先生找来。他建议我马上到警察总监和巴黎的市政长官两位先生那儿去。我去了，但是这给我带来极大的不幸，因为，这样一个办法以及我请这两位掌管司法大权的官员想的种种办法，不但没有一点儿结果，而且，我让雷斯戈得到了和他的妹妹单独讲话的机会，他乘我不在的时候，促使曼侬做出了一个可怕的决定。

他向她谈到 G·M 先生，这是一个好色的老头儿，为了寻欢作乐，是舍得挥霍的。他让她看明白，如果委身这个老头儿，将会大有好处，而她正因为我们的不幸感到心慌意乱，于是就同意了他所布置的所有计划。这个体面的①买卖在我回

_____

① 这是一句反话，其实是说不体面的，可耻的。有的英译本即译成 不名誉，可耻的。

家以前就商量妥当了，等到第二天雷斯戈通知G·M先生以后便实行。

我看到他在我家里等我，可是曼侬已经回到她的房里去睡了，她曾经吩咐过她的仆人转告我，说她需要稍微休息一下，请求我让她今天晚上一个人睡。雷斯戈送给我几个皮士多勒，我收了下来，接着他就回去了。

我上床的时候，将近四点钟，我又想了好久时间怎样才能够恢复我的财产，所以很迟才睡着，第二天上午十一点钟，或者是中午十二点钟，我方才醒来。我赶紧起床，去看曼侬的身体好不好。仆人对我说，在一小时以前，她跟她的哥哥一同出去了，他是坐了一辆租来的马车把她接去的。虽然这件与雷斯戈一同做的事情，我觉得有点儿神秘，但是我尽最大的力量，克制住了我的疑虑。我读着书，消磨了几个钟头。最后，我再也按捺不住自己不安的心情，只好在几间房间里大步地走来走去。我走到曼侬的房间里，看到桌子上放了一封封好的信。收信人写的是我，字是她的笔迹。我一边拆信，一边浑身剧烈地发抖——

信上是这样写的：

亲爱的骑士，我向你发誓，你是我最心爱的人，在世界上只有你一个人是我能够以我爱你的态度来爱的。

但是，我的可怜的亲爱的灵魂啊，在我们目前所处的境遇里，你没有看到忠实是一种愚蠢的德行吗？你相信在没有面包的时候，人们能够温柔多情吗？饥饿将会使我犯下致命的错误。有一天，我将叹出最后的一口气，我相信那是为爱情而叹的。我热爱你，请你相信我；可是让我有一些时间来安排一下我们的幸福。教那个落入我圈套的人倒霉吧！我要尽力使我的骑士富有和幸福。我的哥哥会把你的曼侬的消息告诉你，他也会告诉你，她因为不得不离开你，如何痛哭了一场。

看完这封信后，我的心情真是难以形容，因为一直到今天我还不清楚当时使我心神不安的是一种什么样的感情。那种情况真是绝无仅有，人们绝对不会遭遇到第二次，也无法对别人解说得明白，因为别人是无法体会的。而且人们自身也很难清楚地分辨出来，因为那样的情况很少见，在记忆里没有一点儿地方可以跟它联系得上，甚至不能和任何普通的感情相比较。不过，我的感情不管是什么性质，其中肯定会包含着痛苦、怨愤、嫉妒，以及羞愧。如果里面不再包括有爱情，那就幸运了！

"她爱我，我愿意相信这一点。"我高声对自己说道，"可是，她总不应该是一个怪物，憎恨我吧？我对于曼侬的心还没有权掌握，那么人们还能有什么权去掌握别人的心呢？在我什么都为她牺牲以后，我还能为她做什么呢？然而她抛弃了我！这个无情无义的女人，她对我说她继续爱我，以为就不会受到我的责难。她怕挨饿。爱神啊！多么粗鄙的情感呀！对我的温柔的爱情，这又是多么拙劣的报答呀！我不怕饥饿，为了她，我心甘情愿地放弃我的家产和我家庭的温暖；为了满足她一时的脾气和她放任的性情，我连日常必需的用项都竭力节省。她说，她爱我。你这个无情无义的女人，如果你爱我，我清楚地知道是谁教给你的主意；至少，你不至于不辞而别地离开我的。跟自己心爱的人分离，会感到怎样刺心似的难受，这种心情只有问我才知道。只有失去理智的人才能够甘心忍受这种痛苦。"

我的怨恨被一个出乎意外的来客的拜访打断了。这个来拜访的人是雷斯戈。

　　"刽子手!"我一面向他喝道,一面举起了剑,"曼侬在什么地方?你在她身上玩了什么把戏?"

　　我这个举动使他感到惊慌。他回答我说他来是告诉我他能够帮我非常大的忙,如果我是这样接待他,那他就要走掉,并且永远也不再跨进我家门槛了。我跑到房门口,小心地把房门关上,然后转过身来对他说:

　　"你不要以为还能够把我当做一个好欺的人,再用一些鬼话来骗我。你不把曼侬给我找回来,就得小心你的性命。"

　　"啊,您太急躁了!"他又说道,"我就是特地为这件事来的。我来这儿是要告诉您一件您想不到的喜事,也许您会因此感激我呢。"

　　我立刻想知道一个究竟。他对我说,曼侬无法忍受对贫困的恐惧,特别是她想到突然要改变生活条件,更加不能忍受,因此请求他把她介绍给G·M先生认识,那是一个被人认为是相当慷慨的人。他留心地避而不谈那是出自他的计策,也不说出在带她去以前,就已经把计划准备妥当了。

　　"今天早上我带她到了那儿,"他继续说下去,"那位正直的君子,对她的品貌非常心爱,马上就邀请她陪他到他乡间的别墅去住几天。我呀,"雷斯戈又加重语气说,"我立即就感觉到那对您将会有怎样的好处,我巧妙地让他明白曼侬曾经遭受严重的不幸。我激发他的慷慨之心,以致使他一开始就送给她两百个皮士多勒。我对他说,就眼前来看,这是够应付的了,但是我的妹妹今后还有更大的需要。我又说,此外,她负责照料着一个弟弟,我们的父母去世后,这个弟弟就由我们负担。如果他认为她值得他敬爱的话,就不要使她因为这个可怜的孩子而感到痛苦,她把他看作好像自己的一半一样。这样的一段话果真使他很感动,他答应替您和曼侬租一所适当的房子，因为您就是那个父母双亡的可怜的小弟弟呀。他还答应为您添购合适的家具，而且每个月给您四百个立弗①，假如我算得不错，每年年底，您就一共能得到四千八百个立弗。他已经命令他的管家在他去乡下以前，找一所房子，等他回来的时候，即要布置妥善。那您就会与曼侬重新见面了。她叫我代她给您一千个亲吻，同时对您保证，她比以往更加爱您。"

我坐了下来，同时想着我的命运的奇怪的安排。我觉得自己堕入一种复杂的感情当中，因此，始终犹豫不定，不能决断；雷斯戈一个接着一个地问了我许多问题，我也一直没有回答他。在这段时间里，荣誉与德行又使我感觉到悔恨在刺痛自己，我叹着气，向亚眠，向父亲的房子，向圣—舒尔比斯望去，向所有我曾经天真无邪地生活过的地方望去。我和那种幸福的境地相隔得是多么遥远啊！我只能远远地望着那种境地，它好像一个阴影，虽然还能引起我的懊悔和我的愿望，但是，要激起我重新振作起来，则显得太软弱无力了。

"是由于什么不幸，我会变得这样有罪呢！"我自言自语地说，"爱是一种无罪的激情呀，它怎么会变成了我的穷困和烦恼的根源呢？是谁阻止我和曼侬在一起过安静而规矩的生活？为什么在从她的爱情那儿什么也没有得到以前，我不和她结婚呢？我的父亲很疼爱我，如果我用合法的请求逼他，他会不答应吗？啊！父亲本人也会喜欢她的，就像喜欢一个可爱的女儿一样，她实在太配得上做他儿子的妻子了。我有了曼侬的爱情、父亲的疼爱、正直的人的尊重、财产、平静的德行，那我真算得上幸福了。悲惨的厄运啊！上这儿来建议我去担任的是一个怎么样卑鄙的角色？什么，我去分享……但是，如果

---

① 立弗，法国旧币名，币值因时地而不同。

这是曼侬安排妥当的，如果我不同意就会失掉她，那我还有什么犹豫的呢？"

"雷斯戈先生，"我闭上眼睛叫道，好像要避开这些悲伤的思虑一样，"如果您有意帮助我，我是深为感激的。您本来可以采取一个比较体面的办法；不过这件事情算是决定了，对不对？我们也不用再想别的法子了，只有利用您的小心的布置，完成您的计划吧。"

雷斯戈起初看到我大发雷霆，后来又看到我许久许久不说话，感到挺窘，现在看见我这样决定，和他当初担心的完全相反，简直欢喜极了。他一点也说不上是一个勇敢的人，在下面我有充分的证明。

"对，对，"他连忙回答我说，"我帮您的是一个很大的忙，您会看到我们将得到比您所期望的还要多的好处。"

我们商量用什么方法才能够预防 G·M 先生对我们的手足关系可能产生的猜疑，他看到我长得比较高大，也许会想到我要大几岁。我们找不出其他任何办法，只想到在他面前，我得装出单纯的、外省人的样子，同时要他相信我正预备献身教会，因此每天都上公学读书。我们还决定我第一次获得准许荣幸地去向他致敬的时候，我要装出非常尴尬的模样。

三四天以后，他回到城里来了。他亲自带了曼侬来到他的管家细心预备好的房子里。她立刻把她回来的事通知了雷斯戈。雷斯戈随即告诉了我。我们两人一同上她家里去。她那个年老的情人已经出去了。

虽然我忍气吞声，服从她的意志，但是当我重新看见她的时候，我心头的怨恨实在无法压抑下去。我对着她显出忧郁和沮丧的神气。与她重逢的快乐，不能完全战胜她的负心所带来的悲伤。相反地，她却由于又见到我显得欣喜若狂。

她责备我的冷淡，我禁不住说出一些忘恩负义、喜新厌旧这一类的字眼，同时还不住地叹息。她起初笑我太单纯，但是等到她看见我老是悲哀地凝望着她，而且我很难忍受一种与我的脾气和愿望相反的变化，这时她就独自走到她的房间里去了。不一会儿以后，我也跟了进去。我看到她在那儿哭得满脸泪水，便问她为什么这样悲伤。

"你应该很容易看出来，"她对我说，"如果我在您的面前，只能使您悲哀愁闷，那您叫我怎样活得下去呢？您到这儿已经一个小时了，可是您对我一点儿亲热的表示也没有，对我的热情，您却像土耳其皇帝在他的后宫里一样，连睬也不睬。"

"听我说，曼侬，"我拥抱着她回答道，"我不能够瞒您，我实在伤心得太厉害了。现在我一点儿不提您突然逃走给我带来的惊惶不安，也不提您在另一张床上睡了一夜，一句安慰人的话也不对我说，弃我而去的冷酷心肠。见到您的妩媚动人的姿容，这些我都会忘怀。但是，您想想看，您要我在这所房子里过那种忧郁不幸的生活，我想到这一点，能够不叹气，并且不流泪吗？"我一边往下说，一边淌下了一些眼泪。

"丢开我的出身和我的名誉不谈吧，它们都是软弱的理由，不应该跟像我这样的爱情相争。但是就说这个爱情本身吧，它因为受到如此坏的报答，或者不如说，它被一个负情的、狠心的爱人如此残酷地对待，而在呻吟不已，您就没有想到吗？"

她打断了我的话，说道：

"……好啦，我的骑士，您不必用这些出自您内心的、使我痛心的话来责备我，想教我难受。我知道是什么伤了您的心。我本来希望您会同意我所进行的稍稍恢复一点儿我们的财产的办法，当初我没有您参与就开始实行起来，那是在照顾您的感情；现在，既然您不同意，那我就放弃这个计划吧。"

她接着又说，她只请求我当天再稍微迁就她一下，她从她那个年老的情人那儿已经拿来了两百个皮士多勒，他还答应当晚再送她一条漂亮的珍珠项链和另外一些珠宝首饰，此外，他还要把他曾经答应的每年补贴她的费用先付一半给她。

"只要让我有时间去接受他的礼物就行啦，"她对我说，"我可以对您发誓，他是无法夸口说在我身上得到过多少便宜的，因为我一直对他推托，说进了城以后再说。他吻我的手，的确吻了不下一百万次了，为了这样的享受，他付出代价那是合情合理的啊。跟他的财富和他的一把年纪来对比一下，他花上五六千个法郎一点也不算太多呢。"

她表示的决心比我能得到五千个立弗的希望还要使我快乐。既然我的心对于逃脱了受辱感到满意，我就有理由觉得我的心丝毫也没有失去荣誉的观念。但是我天生只能享受短暂的快乐，躲不掉长期的痛苦。命运女神把我从一个深渊中救出来，只是为了要把我扔到另外一个深渊里去。我对曼侬显得万分的亲热，表示我对她的转变感到多么幸福。接着我对她说，为了使我们的计划能够进行得步调一致，应该把这个情况告诉雷斯戈先生。他一开始的时候嘴里嘟嘟囔囔地抱怨，但是四五千个立弗的现款终于使他高高兴兴地同意了我们的意见。我们决定三个人一起跟G·M先生吃晚饭，这样做有两个理由，一个理由是，把我装扮成一个学生，曼侬的弟弟，演出一场好看的戏，让我们能取乐一番；另一个理由是，为了防止这个老色鬼自以为慷慨地预付了许多礼物，因而就认为有权对我的爱人过分地放肆。当他上那间他打算过夜的房间里去的时候，雷斯戈和我就得退出；曼侬呢，她不但不跟他进去，而且答应出来和我一同过夜。雷斯戈负责准备一辆四轮马车，等在门口。

吃晚饭的时候到了，不用久等，Ｇ·Ｍ先生就来了。雷斯戈和他的妹妹正在客厅里。老头儿一进来就向他的美人儿献出一串项链、几只手镯和珠环，来表示他的问候，这些东西至少要值一千个埃居。接着他又点了两千四百个立弗给她，全是好看的金路易①，这笔钱就是一半的津贴费。接着，他像古老的宫廷里的人那样，献上了许多甜言蜜语。曼侬无法拒绝他的一些亲吻，他把钱送到了她的手上，她有权利得到这些钱，因此他也要得到他的那种权利。我站在门口谛听，等候雷斯戈关照我进去。当曼侬收拾起金钱和首饰的时候，他走过来拉住我的手，带我向Ｇ·Ｍ先生走去。他吩咐我向他行礼，我就恭敬地行了两三个鞠躬礼。

"先生，请您原谅，"雷斯戈对他说，"这是一个毫无经验的孩子。就像您看到的，他丝毫也没有学会巴黎人的气派；不过我们希望他稍微得到一点儿经历，就能变成一个懂事的人。"他又向我转过身来，对我说："你在这儿将会非常荣幸地经常看见这位老爷，有这样一个好榜样，你得好好向他学学呀。"

这个老情人看到我，好像很高兴。他轻轻地对我面颊拍了两三下，说我是一个漂亮的孩子，又说在巴黎年轻人很容易堕落，应该小心提防。雷斯戈对他保证说，我生性非常正直，老是说想去做神甫，我全部的乐趣便是造小教堂玩。

"我看他的样子很像曼侬。"老头儿用手托起我的下巴说。

我装作不懂事的神气，回答道：

"先生，这是因为我们的身体非常接近呀，所以我爱我的曼侬姐姐，就好像爱另外一个自己一样。"

———————————

① 见第5页注。

"听到他说的话没有？"他对雷斯戈说，"他很聪明。可惜的是这个孩子没有见过什么世面。"

"啊，先生，"我又说，"我在我们乡下的教堂里见过许多世面，而且，我相信在巴黎我会看到比我还要傻的人。"

"看呀，"他说，"一个外省的孩子会说这样的话，实在了不起。"

在吃饭的时候，我们所有的谈话差不多都是属于这样的性质。曼侬喜欢开玩笑，好几次因为她大笑起来，几乎把整个事情都弄糟了。我一边吃饭，一边找机会对他叙述他自己的故事以及正在威胁着他的可怕的命运。我的叙述，雷斯戈和曼侬都听得发抖，特别是我完全写实地刻画他的模样的时候。但是自尊心使他认识不到这一点，我很巧妙地讲完我的故事，他居然第一个认为非常可笑。您可以看到我大加发挥这个可笑的场面不是没有理由的。

睡觉的时间终于到了，他谈到了爱情和焦躁。雷斯戈和我，我们都退了出来，他给带到他的卧室里去。曼侬借口说要办一件紧要的事要出去一次，到门口来和我们会台。那辆停在三四家房子远的地方等候我们的马车，赶来迎接我们。不一会儿我们就离开了那一个区。

虽然就我自己的眼光来看，这种行为是一场真正的诈骗，可是这还不是我以为应该自我谴责的最不正当的举动，我觉得从赌博骗来的钱更加可耻。不过这一次和前一次一样，我们并没有得到多大的好处，而上天在这两件不道德的行为当中，却让那性质轻微的得到最严厉的惩罚。

G·M先生没有多少时候就发现自己受了骗。我不知道他是不是就在当天晚上便到处奔走寻找我们，但是他的势力很大，不用花许多时间就可以找到我们；而我们真是太粗心大意，过分地相信巴黎地方广大，竟认为我们住的一区和他的相隔甚远，不会给他发现。他不仅探听到了我们的住址和我们目前的所作所为，而且还知道了我是什么人，我在巴黎过的生活，曼侬和 B 以前的关系，以及她欺骗 B 的情形。总而言之，我们的往事中的一切不体面的事情，他全都清清楚楚。因此他决定请求逮捕我们，而且不把我们当做一般罪犯，而是作为极端邪恶放荡的坏人来处理。

当一个警官带领六七个警士闯进我们的房间时，我们还睡在床上。他们先搜去了我的钱，或者不如说是 G·M先生的钱，接着叫我们赶快起床，把我们带到门口。我们看见门外有两辆马车，一点理由也不说明，曼侬就被他们押进一辆车里，我则给他们带进另外一辆，向圣拉萨尔①驶去。

只有经受过这样的厄运，才能够领会它会带给我们怎样的绝望。我们的警士冷酷无情，竟不许我拥抱一下曼侬，也不许我对她说一句话。过了很长的时间，我都不知道她的情形。我起初不知道她的命运，无疑这正是我的大幸。因为她所受的那样可怕的苦难，我知道以后，也许会使我失去知觉，甚至还会失去生命。

我的可怜的爱人就是这样在我眼前被带走了，而且送到一个我害怕得不敢提到它名字的隐蔽的所在。对于一个这样动人的女人来说，这是多么不幸的遭遇啊。如果每个人的眼光和心肠都跟我一样，她是会坐上全世界上第一把宝座的！在那个地方她没有受到野蛮的虐待，但是被牢牢地关在一间狭小的牢房里，独自一个人。每天被罚做一些苦工，这是她要获得少许粗劣的食物而必须履行的。我只是在很长时间以后，

————————

① 圣拉萨尔，是巴黎当时的一所专门关青少年罪犯的教养院。

才知道那件悲惨事情的详情，当时我自己也遭受了几个月粗暴而又可恶的惩罚。

那些押送我的警士一点也不告诉我，他们得到命令要把我带到什么地方去，所以一直到了圣拉萨尔的大门，我方才晓得自己的命运。在这个时候，我真宁愿死去，也不愿意沦入我相信即将沦入的境遇。我对这所房屋有可怕的想法。我走进去的时候，警士们又搜了一遍我的衣袋，想看看我身上有没有武器和抵抗用的工具，我的恐惧心更加厉害了。

院长不一会儿便来了，我的到来他已经得到通报，他非常温和地向我招呼。

"神甫，"我对他说，"千万不要让我受到侮辱。如果我要受到一点点的侮辱，那我宁肯死一千次。"

"不会，不会，先生，"他回答道，"您如果行为端正，我们彼此都会感到满意的。"

他请我到楼上一间房间去，我顺从地跟着他走。警士陪着我们走到门口。院长带我走进房门的时候，对他们做了一个手势，叫他们离开。

"好了，我现在是您的犯人啦！"我对他说，"那么，神甫，您打算把我怎么办呢？"

他对我说，看到我用这种有理性的语气说话，他很高兴。他又说他的责任是尽力引起我对道德与宗教的兴趣，而我的责任便是听从他的劝导和指示。并且他说，只要我肯报答他的关怀，哪怕是极少的报答，我也一定可以在孤独当中得到快乐。

"啊！快乐！"我又说，"神甫呀，您不知道只有一件事情才能使我感到快乐！"

"我知道，"他说，"不过我希望您的爱好将会改变。"

他的回答使我明白到他是熟悉我的底细的，也许他还知道我叫什么名字，我请求他告诉我是不是这样；他毫不掩饰地对我说，别人把所有的情况都对他说过了。

这种对我的了解是我受到的最难堪的惩罚。我痛哭流涕，表现出万分绝望的神情。这一件受辱的事，将成为我所认识的人的话柄和我的家庭的羞耻，我真无法安慰自己。

我这样过了一个星期，每天都在极端颓丧的状态当中，丝毫也不能够听见别人说的话，心中除掉我的耻辱以外，也不能够想到别的事情，甚至连对曼侬的回忆也无法使我的痛苦有一点点增添。那种回忆进入我的痛苦里，只好像一种会引来新的悲哀的感情。统治着我的心灵的情感是羞耻和惭愧。

只有少数的人才认识内心的特殊活动的力量。普通的人只能感觉到五六种情欲，他们的一生就在这五六种情欲的圈子当中度过，他们所有的心情波动也都限制在这个范围以内。把他们的爱情与憎恨，快乐与痛苦，希望与恐惧除掉，那他们就什么也感觉不到了。但是具有比较高尚的品格的人，能从千百种不同的方式中受到激动。他们好像不止有五种官能，并且能够接受超出天性的一般界限的观念和感觉。他们具有这种伟大的、使他们超乎常人的感情，因此，他们对什么都不妒羡。由于这个原因，他们感到受人轻视和嘲弄的时候，就很不耐烦，同时，羞耻就是他们的情欲当中最强烈的一种了。

我在圣拉萨尔有这种可悲的便利。院长看到我的忧伤是这样厉害，担心发生不幸的后果，他就认为应该待我更加和气，更加宽大。他每天总来看我两三次。他常常带着我到花园里和他一同散步。他以无限的热情规劝我，给我许多有益的忠告。我恭顺地听他说话，甚至对他表示感激。他因此认为我有改过自新的希望。

　　"您天性这样温和，这样可爱，"有一天他对我说，"我真不懂得您为什么会做出放荡的事情，就像别人所控告您的那样。有两件事叫我很惊讶：一件是您品德优良，怎么会自暴自弃，耽于邪恶；另一件是更加使我惊叹的，便是您经过了几年的成为习惯的放荡生活，怎么会这样心甘情愿地接受我的规劝和教导。如果这是忏悔，那么您就是一个已遭上天垂怜的明显的榜样；如果这是天性善良，那么您至少在品格中有良好的基础。这使我觉得有希望不需要把您在这儿关好久时间，不久就能使您重过正直的规矩的生活。"

　　我看到他对我抱着这样的看法，真是万分欢喜。我决定用一种能使他完全满意的行为，来加强他对我的这个看法，我确信这是缩短我的牢狱生活的最可靠的方法。我请他借一些书给我，他允许我挑选我爱读的书籍，我拣了几位严肃的作家的著作，这使得他觉得惊奇。我假装一心一意地埋头研究学问，同时，随便遇到什么机会，我都向他表示我已在转变，而这正是他所期望的。

　　然而，这仅仅是表面文章而已。我应该忏悔自己的可耻行为。我在圣拉萨尔扮演着一个伪君子的角色。我不但不研究学问，而且，当我独自一个人的时候，我总是在叹息我的命运；我咒骂我的牢狱，以及把我囚禁在这里面的暴虐行为。心绪紊乱，使我觉得心头沉重，有时我把这种烦乱的心情暂搁在一边，但是又重新堕入爱情的痛苦里。跟曼侬的分离，对她的命运的猜疑忧虑，加上担心再也不会与她相见的恐惧，都是我忧郁的沉思的唯一内容。我想象她正倚在 G·M 的怀抱中（因为这是我在开始的时候的想法），我根本就没有想到他会使她也遭到和我同样的虐待，我还认为他赶开我，就是为了好安安稳稳地占有她。

我像这样度过了好多个昼夜，白天黑夜在我看来都像是长得没有止境。我一心只希望我的那套伪君子的手法会获得成功，我仔细地观察院长的面貌，注意地听他讲话，想确切地知道他对我究竟有什么看法。我想方设法地讨他欢心，仿佛他便是我的命运的主宰一样。我很容易地看出来我已经完全得到他的宠爱，我毫不怀疑他将会给我帮助。

　　有一天，我大胆问他，释放不释放我是否由他来决定。他对我说，他完全不能做主，不过他希望凭了他的证明，那个请求警察总监把我拘禁起来的G·M先生会同意让我恢复自由。

　　"我坐了两个月的牢，"我低声说道，"不知道能不能够认为对他说来足够抵我的罪了？"

　　他答应我说，如果我有这样愿望的话，他就对他去说说。我恳求他帮助我。两天以后，他告诉我G·M听到了有关我的情况，大为感动，他不仅仅表示愿意使我重见天日，而且，他甚至还表示非常想更进一步地和我认识，很想到监狱里来探望我。虽然看到他来，我心里会觉得不愉快，但是我把这件事看成是我会获得自由的最近的步骤。

　　他真的到圣拉萨尔来了。我觉得他的神气比在曼侬房子里的时候来得严肃，没有那样笨头笨脑了。对于我不端正的行为，他讲了一些理智的话。他显然是要为他自己的放荡生活辩解，所以又说，人类是有弱点的，因此允许享受某些天性需求的快乐，但是欺骗的行径和可耻的诡计都应该受到惩罚。

　　我装出俯首帖耳的样子听他说话，这好像使他很满意。甚至听到他嘲笑我跟雷斯戈和曼侬的家属关系，嘲笑我爱造小教堂玩，我也不生气。他对我说，他猜想既然我对于这种虔诚的事情这样感兴趣，那么在圣拉萨尔一定也造了不少吧。

但是，对他和对我来说，都很不幸的是，他脱口说出曼侬在妇女教养院里一定也造了一些非常好看的小教堂。听到妇女教养院这个名字，我不禁浑身发抖，但是我还能够温和地请他解释这是怎么一回事。

"是呀，"他说道，"她在妇女教养院里学习做一个规矩女人已经有两个月了。我希望她和你在圣拉萨尔一样，会得到很大的教益。"

即使是判我终身监禁或者判我死刑，听了这个可怕的消息，我也无法控制住我的激动。我向他扑去，由于我过度的愤怒，竟致失去了一半的气力。不过我仍然能够把他推倒在地上，掐住他的喉咙。我紧紧地掐着，这时候，他跌倒的声音，我让他只能勉强发出来的几声尖锐的喊声，惊动了院长和几个修士，他们跑到我的房间里，从我的手掌中把他救出来。我自己也几乎丧失了全身的气力，连气也喘不过来了。

"啊，天主呀！"我大声叫道，同时不住地叹气，"上天要主持公道呀！受了这样的侮辱以后，难道我还能够再活下去？"

我又想向刚才那个使我感到无限痛苦的野蛮人扑过去。他们拦住了我。我的失望，我的叫喊，以及我的眼泪，是别人怎么也想象不出的。我所表现出来的行动，使人惊讶，所有那些不明白缘由的在场的人，都面面相觑，既是害怕，又是惊诧。

在这段时间里，G·M先生整理着他的假发和他的领带，他受到了这样一场接待，心中非常气恼，他命令院长把我看管得更加严厉，而且要用只有圣拉萨尔才有的各种刑罚来惩办我。

"不，先生，"院长对他说，"对待像骑士先生这样出身的人，我们绝对不能使用这样的手段，而且他是这样温和，这样正派，我很难相信他没有一些充分的理由会做出这种过于激动的事情。"

这样的回答使得G·M先生狼狈不堪。他走了出去，同时说院长也好，我也好，所有敢于反抗他的人，他都有办法叫他们屈服。

院长吩咐他的修士把他领走，独自一个人留下来陪我。他要求我立即告诉他为什么我会这样放肆。

"啊，神甫，"我对他说，一面不停地哭得像一个孩子一样，"请您想象一下最可怕的残酷的行为吧，请您想象一下最可恶的野蛮的行为吧，那就是丧尽廉耻的G·M卑鄙地干下的事情。啊！他刺伤了我的心。我一辈子也不能够恢复过来。我要把全部经过原原本本地都告诉您，"我呜咽地说，"您是一个好人，您会怜悯我的。"

我简洁地告诉他，我对曼侬是抱着如何长久的和无法克制的热情，我们在被家里的佣人偷盗以前境况是如何得意；我又把G·M对我的爱人的馈赠，他们交易的结果，以及这件交易破裂的情形，都告诉了他。自然，我是从对我们最有利的角度来讲以上这些事情的。

"请看，"我继续说道，"这就是G·M先生对我的改过自新这样热心的理由了。他纯粹为了报复，才运用势力把我关在这儿。我可以原谅他，但是，神甫啊，事情还不止这样，他还残暴地把我最亲爱的、不可分离的人也抢走了，他丧尽天良地把她关在妇女教养院里，今天他一时不慎，亲口说出了这件事情。关在妇女教养院，神甫啊！老天啊！我的可爱的爱人，我的亲爱的皇后，竟关在妇女教养院，好像一个最下贱的女人一样！我能够在什么地方找到足够的力量，让我不致因为痛苦和羞愧而死去呢？"

慈善的神甫看到我伤心得这样厉害，要安慰我。他对我说，他从来也不知道我的经历会像我刚才所说的那样，他当然知道我过去生活放荡，却以为G·M先生是因为对我家庭的尊敬和友谊，所以才不得不这样关怀我。他又说G·M先生对他说明这件事情的时候，讲的也是这个原因；我刚才对他叙述的这番话将会使我的事情发生很大的变化，他打算把这个情况忠实地转告警察总监，他确切无疑地相信，结果会能够使我恢复自由。接着他问我，既然我的家里没有参与把我监禁起来的事情，那为什么我没有想到把我的消息告诉家中。我说我怕引起我父亲痛苦，又说自己也会感到羞惭，用这样的理由完满地回答了他的怀疑。最后，他答应立刻上警察总监那儿去，他说："这只是为了防止G·M先生会有什么坏打算，他从这儿出去的时候，怒气冲冲，而且他势力很大，叫人畏惧。"

我等待神甫回来，心神不安，就像一个快要判决的不幸的人一样。我一想到曼侬关在妇女教养院里，便如同在受一种无法形容的苦刑。除了这个地方名声极坏以外，我还不晓得她在那儿会受到怎样的待遇。我曾经听人谈到这个可怕的所在的一些特殊情况，现在回想起来，每时每刻都使我的愤怒增加。我决定要救她出来，不论用何种代价，不论用哪种方法，如果我没有别的办法走出圣拉萨尔，我就放一把火把它烧掉。

我在考虑，假使警察总监不理睬我的请求，继续把我监禁下去，那我应该采取什么法子。我从各方面来考验自己的机智，研究一切有可能实现的希望；我丝毫也看不到有什么方法可以保证我一定能够逃出这儿，而且，如果我的尝试不幸失败，我担心会比过去受到更加严密的看管。我想到了几个朋友的名字，我可以指望他们援救我，但是用什么办法能够使他们知道我眼前的处境呢？最后，我终于认为自己已经想出了一个巧妙的、可能得到成功的主意。等到院长回来以后，如果他的活动没有结果，我觉得必须得这样做的话，我就再进一步把这个主意计划得更加周到一点。

他不久就回来了。我从他的脸上看不到表示好消息的快乐的神情。

"我对警察总监说过了，"他对我说，"可是我对他说得太晚了。Ｇ·Ｍ先生一离开这儿就去看他，已经先对他说了许多关于您的坏话，使他对您很不满，他正想下一些新的命令给我，叫我把您管得更紧一些。不过，当我将您的事情的真相告诉他以后，他显得温和多了。他一面有点讥笑年老的Ｇ·Ｍ先生的老不正经的行为，一面却对我说为了使Ｇ·Ｍ先生满意，应该再让您在这儿待六个月；他又说，况且这个场所对您并不是没有什么好处的。他吩咐我好好地对待您，我可以向您担保，您将来绝对不会对我的态度有什么不满。"

慈善的神甫的解释讲得相当长，使我有充裕的时间做周密的考虑。我想到如果我向他表示非常迫切地需要自由，可能会把我的计划推翻。我就反过来对他表示说，既然有必要在这儿待下去，能得到他的尊重，这对我是一种温暖的安慰。接着我很真诚地请求他给我一个恩惠，这个恩惠对任何一个人都丝毫没有关系，对我的心情安宁却万分有用，这便是请他派人去通知我的一个朋友，一个住在圣—舒尔比斯的圣洁的教士，说我现在在圣拉萨尔，我还请院长准许我有时候可以让他来看望我。这个要求没有经过什么考虑就被准许了。

我们说的那个人就是我的朋友梯伯史，我并不指望他给我什么必须的帮助，使我能够得到自由，而是想把他当作一

曼侬·雷斯戈 法国文学经典

71

个以后可以利用来使我恢复自由的工具，不过要连他本人也不知道这回事。总而言之，我的计划是这样：我打算写一封信给雷斯戈，请他和我们共同的朋友想办法搭救我。第一件困难的事就是如何能使他拿到我的信，这就应该是梯伯史的任务了。不过，他认识雷斯戈是我情人的哥哥，我怕他不肯担当这项工作。我的计划是把给雷斯戈的信封在另外一封信里，这封信是送给我认识的一位有身份的人物的，在信里我请求他立即把附信照地址转去。我必须见到雷斯戈，好使我们的步调一致。因此我打算要他到圣拉萨尔来，并且假冒我哥哥的名字请求会见我，说他是特地到巴黎来探听我的消息的。我预备那时候再和他商量妥当一些最迅速最可靠的方法。院长派人去通知梯伯史，说我渴望跟他见面。这个忠实的朋友没有把我忘记，所以他对我的遭遇并不是不清楚。他知道我在圣拉萨尔，也许他对我这件不幸的事情不觉得难过，还会以为这可能使我重新做人。他立刻来到我住的房间里。

我们的会晤充满了友爱的气氛。他想知道我的情绪怎样，我毫无保留地把我心里的话全部告诉了他，除掉我想逃走的计划没有对他说。

"亲爱的朋友，"我对他说，"我不愿意在您的眼前装出绝非我本来的面目。如果您以为在这儿找到了一个品行端正、克制欲望的朋友，一个由于上天谴责而醒悟过来的浪子，一句话，如果您以为找到了一颗摆脱了爱情、从他的曼侬的魅力中脱身出来的心，那么您对我的判断是过于偏爱了。您现在见到的我，和四个月以前您离开我的时候完全一样。这种命中注定的爱情使我永远都是多情和不幸。我在这个爱情里追求我的幸福，从来也不会感到厌倦。"

他回答我道，我的表白使我无法得到宽恕。他说，人们见到过许多有罪的人，他们陶醉于恶行的虚假的幸福当中，以致毫无顾忌地宁愿爱这种幸福，而不爱德行的幸福，不过至少他们还抓住了幸福的影像，是受到表象欺骗的人；而像我这样，认识到我所迷恋的对象只能使我有罪和不幸，却又继续心甘情愿地自陷于逆境与罪恶，这是思想与行动之间的矛盾，不会给我的理智带来什么光彩。

"梯伯史！"我说道，"别人一点也不反抗您的武器的时候，您是很容易打胜仗的！现在该让我跟您议论议论了。您所说的德行的幸福，您能不能够肯定它可以免除痛苦，免除逆境，免除忧虑呢？暴君的监狱、十字架、刑罚和拷问，您把它们叫作什么呢？您是不是会像那班神秘主义者一样，把肉体得到的痛苦说成是一种灵魂上受到的幸福呢？您是不敢这样说的，因为这是一种不能成立的谬论。您如此这般赞颂的这种幸福，其中包含着千百种痛苦，或者说得更确切些，它只不过是无数的不幸交织在一起而已，而人们就想在这些不幸当中求得幸福。假使幻想的力量使人在痛苦本身当中找到快乐，因为痛苦能够引导他到达所希望的幸福的目的，那为什么我的行为中的这种完全相似的情况，您却视为矛盾，认为毫无意识呢？我爱曼侬，我要历经无数的痛苦，跟她在一块儿过幸福平静的生活。我走的道路是不幸的道路，但是企图达到我的目的的那种希望，一直沿着这条道路撒播温暖。只要能和她相处片刻，我将会认为我为了达到目的所受的种种苦难，已经得到了丰厚的补偿了。任何事情，从您那边看和从我这边看，我觉得全是一样的；如果有什么差别，那个差别还是对我有利，因为我所希望的幸福离得近，而另外一种幸福离得远。我的幸福和痛苦没有什么不同，也就是说，肉体能够感觉得到；那另外一种，却有一种不可知的本质，只有凭着信仰才能肯定它。"

梯伯史听到这一番道理，显出万分惊诧的神情。他向后退了两步，用非常严肃的神气对我说，我刚才讲的话不仅伤害了良知，而且是一种轻侮宗教和反对宗教的拙劣的诡辩。他接着又说道："将您的痛苦的目的，和宗教所提倡的目的来作对比，这种想法是非常邪恶，非常荒唐的。"

"我承认这样对比是不正确的，"我说，"但是请您加以注意，我并不是依据这个对比来证明我的理论。我本来是想解释在一桩不幸的爱情里表现的坚定当中您认为是矛盾的东西。我相信我已经很有力地证明：如果这是一种矛盾，您也无法比我更能够逃避这种矛盾。只是由于这个看法，我把事情看得没有什么两样，我现在依旧抱着这个看法。您能不能回答我，德行的目的是不是远远地胜过爱情的目的？谁不肯承认这一点呢？但是问题在什么地方？问题不就在于它们具有的力量都教人忍受苦难吗？我们根据效果来论断吧。从严厉的德行中脱逃的人是多么多，从爱情中脱逃的人却是怎样少啊！您还不能够回答我，如果在行善当中有痛苦的话，那种痛苦应该存在，必需存在吗？人们不会再看到暴君和十字架吗？人们会看到许多有德行的人过着舒适宁静的生活吗？我也要对您说，平静的、幸运的爱情是有的，同时还会产生一种对我极为有利的差别。我还要说，爱情虽然常常欺骗人，可是它至少给人满足，让人快乐；然而宗教呢，它却要人们期望一种悲惨的和苦行的实践。"

"您不要惊慌，"我看到他的热忱将变成忧伤，就又说道，"我现在想做的唯一的结论，是这样：为了使一颗陶醉在爱情中的心感到厌倦，因此诽谤爱情的甜蜜，只认为在德行的履行里才有许多幸福，天下没有比这种方法更坏的了。依照我们的天性，我们的幸福肯定是存在于享乐之中。我不相信有人对这个会有另外的想法。

人的心用不着花许多时间思量就能够感觉得到，在所有的快乐当中，只有爱情的快乐是最甜蜜了。如果有人允许这颗心另外享受更中意的快乐，这时候，它立刻就会发觉是受到了欺骗。这种欺骗行为使它对最可靠的诺言也会产生猜疑。想把我引向德行的说教者啊，告诉我，德行是一定不可缺少的，可是不要向我隐瞒，说它不严峻，不痛苦。您尽可以指明，爱情的快乐是转瞬即逝的，是遭到禁止的，在爱情的后面随之而来的将是无穷的痛苦。如果您说，爱情的快乐愈加甜蜜，愈加迷人，上天对这样一个重大的牺牲也愈加给以隆重的报偿，这样，也许使我能受到更深刻的感动。但是，您应该承认，我们的心就是这样的心，因此，在世界上，爱情的快乐就是我们最完满的幸福了。"

我最后说的一段话，使得梯伯史情绪好起来。他承认在我的思想当中有一些合理的地方。他又提出唯一的反对意见，他问我为什么不实行我自己的一套道理，牺牲我的爱情，来希望得到我如此看重的那种报偿呢。

"啊，亲爱的朋友！"我回答他道，"就在这一点上，我认识到我的不幸和我的弱点。天呀！实现我所主张的理论，是的，这的确是我的义务！可是我有能力这样做吗？难道为了忘记曼侬的魅力，有什么援助我不需要吗？"

"天主原谅我，"梯伯史说，"我想这儿又是一个让森派①。"

"我不知道我究竟是什么派，"我回答道，"我也一点看不清楚，自己应该是什么派，不过我只是对他们那一派的教义

① 让森派，是天主教的一个宗派，17世纪荷兰神学家让森创立。让森派认为个人的为善和灵魂之所以得救都有赖于天主的恩宠，人力是毫无能力的。

中的真理太有体会了。"

这一次的谈话至少使我的这位朋友重新产生了怜悯心。他知道了在我的放荡行为当中，软弱无能的成分多于有意作恶。所以在后来，他的友谊更加给我许多帮助，如果没有这些帮助，我一定会因为困苦而死去。不过我打算逃出圣拉萨尔的计划，却一个字也没有向他吐露。我只请求他给我带一封信。在他没有来以前，我已经把信准备好了。为了强调我这封信如何要紧，我是不缺少借口的。他忠实地将信准确送到，当天黄昏时分，雷斯戈就接到了我写给他的信。

第二天，他来看我，因为冒用了我哥哥的名字，所以侥幸进来了。看到他走进我的房间，我真是高兴到了极点。

我小心地把门关上。

"一刻也不要耽搁，"我对他说，"先把曼侬的情况告诉我，然后，再教我有什么好办法能够打碎我身上的枷锁。"

他对我说自从我入狱的前一天以后，他就没有看见过他的妹妹，经过好多次打听和留意，他才知道了她和我的命运，他又说他到妇女教养院去过两三次，可是人们拒绝他和她随便谈话。

"该死的 G·M！"我大声喊道，"我终会狠狠地教训你的！"

"谈到您要逃走的事情，"雷斯戈接着说下去，"这可没有您所想的那样容易。昨天晚上，我和两个朋友把这座房子外面的各个部分都观察了一遍，正像您在信里告诉我们的，您的窗子下面的院子四周都有房屋，所以我们认为要把您从这儿救出来非常困难。况且，您住在四层楼上面，绳子也好，梯子也好，都不能拿上来。因此我看从外面来救您毫无一点办法，应该就在这座房子里面想办法。"

"不行呀，"我说道，"我什么地方都察看过了，特别是院长对我宽大，我受的监禁因此不大严格以后，我的房门不再上锁，我可以自由地在修士的走廊里走来走去；但是所有的楼梯都给一扇扇厚门封住了，那些门白天晚上都是小心地锁起来的，因此，仅仅依靠机智是不可能把我救出来的。"

我想出了一个我认为非常好的主意，我稍微考虑了一会儿，又说道，"且慢，您能不能带一把手枪来给我？"

"那容易，"雷斯戈对我说，"不过，您想杀什么人不成吗？"

我向他保证我并不打算杀谁，甚至手枪里根本用不着装上子弹。

"明天您把手枪带给我，"我又说道，"明晚十一点，您带两三个朋友在这座房子的大门对面等着，不要忘记。我希望能够在那儿跟你们相会。"

他急着要我把我的计策再多告诉他一些，我不肯。我对他说，我所考虑的这桩事情，只有在它成功以后，才能显得出是有道理的。我请他不要再待下去了，这样他明天就能够更容易来见我。第二天他跟第一次一样，没有遇到什么困难就进来了。他的神情很严肃，人人都会把他当作一个正人君子。

我拿到能够使我自由的工具的时候，几乎一点也不再怀疑我的计划肯定能成功了。我的计划是奇怪的，也是大胆的；但是，怀着那些激励着我的动机，有什么事我不能做呢？自从我得到允许可以走出房门，在走廊里散步的时候起，我就注意到看门人每天晚上都把所有门上的钥匙交给院长，随后，整座房子里是一片深沉的寂静，说明所有的人都回房睡觉了。我能够毫无阻拦地，通过一条来往的走廊，由我的房间走到院长的房间里。我决定要从他那儿拿到钥匙，如果他故意作难，不肯给我，我就用手枪吓唬他；有了钥匙，我便能直达街上。我焦急地等待那个时间的到来。看门人照平常的钟点来了，这就是说九点多一些。我又等了一个钟头，等修士和仆人全都睡熟，我才带了手枪，拿了一根蜡烛，离开房间。起先，我轻轻地敲了敲院长的房门，想悄悄地弄醒他。我敲第二下的时候，他听见了。他无疑是在猜想这是哪一个修士得了病，需要帮助，于是起床来开门。但是他很小心，又隔着房门问我是谁，找他干什么。我只好说出我的名字，不过我装出可怜的声调，好教他相信我是身体不大舒服。

"啊，原来是您，我亲爱的孩子，"他对我说，同时打开了房门，"您这样晚到我这儿来，有什么事情呀？"

我走进他的房间，把他带到房门对面的一头，对他说，我不能够在圣拉萨尔这样长期地待下去，我说，夜晚是走出去不会给人看见的最方便的时候了，我盼望由于他对我的友谊，他能够同意替我去开那些门，或者把钥匙借给我，让我自己去开。

这段有礼貌的话一定把他吓坏了。他朝我看了好一会儿，不回答我的话。我没有时间再耽搁，所以就又对他说，他对待我的种种恩情，我是万分的感动，但是自由是所有的幸福当中最可宝贵的，特别是对我这样一个被人蛮不讲理剥夺了自由的人。我决定要在今天晚上获得自由，不管付出什么代价。我怕他想抬高声音呼救，便教他看看我藏在紧身上衣里的能使他不敢声张的有用的东西。

"一把手枪！"他对我说，"怎么！我的孩子，您想夺去我的生命来报答我对待您的敬重吗？"

"但愿天主不允许这样做，"我回答道，"您非常聪明，非常理智，不会逼得我非得做出这种事情来不可；但是我希望得到自由，我是这样坚决，因此，如果由于您的过错使我的计划不能实现，那我可就一定要结果您的生命。"

"但是，我亲爱的孩子，"他面色苍白，神情惊慌，又说道，"我做过什么伤害您的事情呢？您凭什么理由要我死啊？"

"不，"我不耐烦地回答道，"我并不打算杀死您，只要您想活的话。替我把门打开吧，我一直是您最好的朋友。"

我看到钥匙放在桌子上。我拿了起来，请求他跟着我走，同时尽可能地不要发出一点儿声音。他不得不照着做。

我们往前走，他每打开一扇门，都要叹口气对我说：

"啊，我的孩子！谁也不会料到这一点的！"

"神甫，不要有一点儿声音，"我不时地对他这样说。

我们终于走到一道栅栏跟前，过了栅栏，就是临街的大门。我觉得自己已经得到自由了，我一手拿着蜡烛，一手拿着手枪，站在神甫的后面。正当他匆匆忙忙开门的时候，一个睡在旁边小房间里的仆人，听见门闩的响声，跳下床来，把头伸到房门外面探看。善良的神甫显然以为他能够把我捉住，就非常轻率地命令他来帮助他。那个仆人是一个力气很大的家伙，他毫不迟疑地向我扑过来。我也什么都不跟他多谈，对准他的胸口，就是一枪。

"神甫，您看您惹出了什么事，"我很神气地对我的这位向导说，"不过，这一点也不阻碍您做完您要做的事。"我一边说，一边把他向最后一道门推去。

他不敢拒绝开那道门。我顺利地走出来了。走了四步远，我就看见雷斯戈依照他所约定的，带了两个朋友在等我。我们立刻离开了。雷斯戈问我他刚才听见的是不是一声枪声。

"这是您的过错，"我对他说，"为什么您把枪装上了子弹呢？"

不过我感谢他的小心，不然的话，我肯定是要长期在圣拉萨尔待下去了。我们到了一家小饭馆里过了一夜，我在这个地方略微补偿了一下三个月来吃的粗劣的伙食。然而，我不能够快快乐乐地吃喝，因为曼侬，我感到说不出的痛苦。

"一定要把她救出来，"我对这三位朋友说，"我仅仅就是为了这样一个目的才盼望得到自由的。我请求你们想出好主意来帮助我。我自己呢，我会不顾生命地去干。"

雷斯戈是既机灵又谨慎的人，他提醒我说，应该小心行事。他说，我从圣拉萨尔越狱脱逃，以及在逃走的时候闯出来的祸事，一定会传播出去，警察总监将要派人追捕我，他的势力是很大的。最后，他又说，如果我不愿意遭受到比圣拉萨尔更坏的事情，最好躲几天，让我的那些敌人最初时的怒火能够平息下去。他的忠告是明智的，但是必须要明智的人才能照着去做。这样的缓慢和这样的谨慎，跟我的热情可不协调。我可以使他满意的就是答应他第二天我睡一整天觉。他把我关在他的房间里，我在那儿一直待到晚上。

我利用这一天一部分的时间思考援救曼侬的计划和方法。我深深地相信她待的监狱比我待的更难进去。问题不是使用武力和暴力，而是应该使用巧计。可是就是擅长出主意的女神也不知道应该怎样开始进行。我想了许久，没有什么结果，就只好决定等我对妇女教养院里面的布置多少有些了解以后，再来好好地考虑。

一到夜晚我能够自由行动，我就请求雷斯戈陪我一同到妇女教养院去。我们跟院里的一个看门人谈起天来，我们看他好像是个明理的人。我装作是外地来的，过去听人赞叹过妇女教养院和院里实行的规则。我问他问得非常详细，连最小的事情也不漏过。这样一样一样地问下去，最后我们谈到了院里的那些管理人员，我请他把他们的姓名和特点告诉我知道。他对我后面一个问题的回答，使我产生了一个我立即就颇洋洋自得的主意，而且我毫不迟疑地赶快把这个主意实行起来。我问他这些做管理人员的先生有没有孩子，这对我的计划是一件紧要的事情。他对我说，他不能够知道得很清楚，不过有一个T先生，是主要的管理人员中的一个，他有一个已经到了结婚年龄的儿子，曾经有好几次跟他的父亲到妇女教养院来过。这样可靠的话，使我足够感到满意了。我几乎立刻就中断了我们的谈话，当我回到雷斯戈家里去的时候，我把我想好的计划告诉他。

"我想T先生的那个儿子，"我对他说，"他既有钱，家庭出身又好，他一定爱好享乐，就跟大部分像他那样年纪的年轻人一样。他不会敌视女人，也不会可笑到拒绝为爱情的事情效劳的程度。我已经想好一个主意，使他对于曼侬的自由感兴趣。如果他是一个正人君子，富有感情，那他便会慷慨地帮助我们。如果他一点也不能够被这个原因所驱使，只要他希望得到一个可爱的姑娘的欢心，他至少也会为她做点事的。我要早一点儿见到他，"我说到这儿又补充说了一句，"最迟不超过明天。这个计划使我得到安慰，我从那里面预见到了吉兆。"

雷斯戈也认为在我的想法当中有些正确的地方，他承认我们照这个法子去做，可以有一些希望。这一夜我过得比较心宽了。

第二天早晨，我虽然处于贫困的境遇，但是尽可能地想办法穿得整整齐齐。我雇了一辆马车上T先生家里去。他[①]见到一个陌生人来拜访他很是惊讶。我看他的外貌和他的有礼

———————————

① 这个他，是T先生的儿子。下文也都称作T先生。老T先生则始终没有出现过。

貌的态度，可以预料到事情一定会很顺利。我把来意坦率地对他说明，为了激起他天生的情感，我对他说到我的热烈的爱情和我的爱人的优点。我说这两件东西只能相互对比，其余任何东西和它们相比都是比不上的。他对我说，虽然他从来没有看见过曼侬，他却听见过别人谈起她，至少，如果我说的就是那个曾经做过G·M老头儿的情妇的女人。我肯定他准是听人说到过我在那件事情中的所作所为，为了渐渐地争取到他，使我能够得到他的信任，我就把曼侬和我所遭遇到的所有事情的详情细节都告诉了他。

"先生，您看呀，"我继续说，"我的生命和我的心的利益，现在全掌握在您的手上了。这两方面对我说来，都是同样宝贵的。我对您什么也没有隐瞒，因为我知道您为人豪爽，而且我们年龄相仿，这使我能够希望在我们的爱好当中找得到相同的地方。"

对于我这种坦白的天真的态度，他好像显得非常感动。他回答我的话，是一个上流社会里的，有感情的人说的话。而像他的这种感情在上流社会是从来见不到的，而且常常使人家丧失掉它。他对我说，他把我的拜访看作是他最可贵的幸运，他认为和我的友谊是他最愉快的一个收获，他要尽力热情地帮助我，来报偿我的友谊。他没有答应把曼侬还给我，因为，据他说，他的威望不高，把握很小；不过他答应让我能够得到跟她见面的快乐，而且又答应尽他的力量做一切能做的事情，使曼侬回到我的怀抱里来。他说他的威望靠不住，这比起他完全保证可以实现我所有的愿望，还要令我满意。我在他谨慎的言语里，感到了一种使我为之高兴的坦率的表示。总而言之，对于他的真诚帮助，我充满希望。仅仅这一个让我见到曼侬的诺言，就会教我情愿为他干任何事。我向他表示了我的这种感情，我的态度让他相信我并不是一个天性不好的人。我们亲热地拥抱，变成朋友了。这没有别的什么原因，只是因为我们两人都是心地善良，而且，一种纯朴的禀赋会使一个温情慷慨的人去喜爱跟他意气相投的人。

他对我的好意，表现得更加热烈了。他根据我的经历，断定我离开圣拉萨尔以后，我的处境一定很不如意，于是他把他的钱袋送给我，逼着我接受下来。我坚决不要，我对他说：

"这太过分了，我亲爱的先生。如果您用这样多的好意和友谊使我能再见到我的亲爱的曼侬，那我就一辈子都会感激您。如果您把这个可爱的女人完全还给我，我为了报答您，就是流尽我全身的鲜血，我以为也是偿还不清您的大恩大德的呢。"

我们约定了再一次见面的时间和地点以后，就分手了。他很照顾我，约定的时间隔得并不远，就是在当天下午。我在一家咖啡馆里等他，他在将近四点钟的时候，来到那儿和我相会。我们接着一同上妇女教养院去。在穿过里面的那些院子的时候，我两条腿发起抖来。

"至上的爱神呀！"我说道，"我可又要见到我心上的偶像啦，为了她，我曾经流过多少眼泪，担过多少忧啊！老天！请您让我具有只够走到她的跟前的生命就行了，然后，随您怎样处置我的命运和我的残生吧，除此以外，我对您也别无所求啦。"

T先生对妇女教养院的几个看门人谈了一下，他们都赶忙地尽力来讨他欢心。他要他们指出曼侬住的房间在哪一部分，接着，有一个人拿着一个大得吓人的、用来开曼侬那间房门的钥匙，带领我们向那儿走去。这个给我们带路的人，也就是派来负责照管她的佣人。我问他曼侬在这个地方是怎样消磨时间的。他对我们说,她像天使一样温柔,他从来没有听她对他说过半句严厉的话。他又说,在初来这儿的六个星期里,她不停地流泪,但是近来她似乎稍微能够比较耐心地忍受她的不幸了,每天从早到晚除去几个小时用来读书以外,都是在做针线活。我又问他,她得到的照顾好不好。他对我肯定地说,至少,一般生活必需的东西她是从来没有缺少过的。

我们快走到她的房门口了。我的心剧烈地跳动着。我对T先生说:

"请您一个人先进去,告诉她是我来看她,因为我害怕她突然看见我会受不了的。"

门打开来了。我留在走廊上,然而他们说的话我全听得见。他对她说,他给她带来了一点儿安慰,他说他是我的朋友,对我们的幸福非常关心。她迫不及待地问他,是不是能从他身上知道我的近况。他答应她把我带到她的面前,而且我始终跟她能够盼望的那样多情忠诚。

"在什么时候呢?"她问道。

"就在今天,"他对她说,"这一个幸福的时刻绝不会拖得很久的;如果您盼望着它的话,它立刻就会来临。"

她知道我就在门口。我走进去的时候,她正急匆匆地朝房门外奔。我们拥抱了,我们充满着无限的柔情,那是一对真心相爱的人三个月没有见面才会有的万般甜蜜的柔情。我们叹息,我们断断续续地感叹,双方不停地柔弱地叫唤着千百个亲爱的称呼。这些,在一刻钟内,形成了一个使得T先生大为感动的场面。

"我真嫉妒您,"他对我说,同时叫我们坐下来,"我多么愿意有一个这样美丽这样热情的爱人,天下没有哪一种荣耀的命运比得上她。"

"为了要享受为她所爱的幸福，"我回答他道，"世上所有的王国送给我，我都瞧不起呢。"

长久以来就在盼望着的这一场谈话，是不会缺少无穷无尽的柔情的。可爱的曼侬向我叙述她的遭遇，我也把我经过的情况告诉了她。我们谈到她眼前的处境，又谈到我刚刚逃出来以前的境遇，一边说着，一边伤心地哭起来。T先生许下一些新的诺言来安慰我们，他说他将积极地想办法使我们的不幸终止。他劝告我们，说第一次的晤谈不要太长久，好让他更容易替我们找到其他的机会见面。他用了很大的力气才使我们接受了这个劝告。曼侬尤其坚决不肯放我走，她无数次地拉我重新坐回椅子上，紧紧抓住我的衣服和我的手。

"天啊！您把我丢弃在什么地方呀！"她说道，"谁能担保我会再看见您呢？"

T先生向她保证会常常带了我来看望她。

"这个地方，"他又高兴地说了一句，"自从一个有权统治所有男人的心的人关进来以后，它就不应该再叫妇女教养院了，它成了凡尔赛宫①啦。"

我在离开的时候，送给那个照管曼侬的仆人一点儿酬劳，好让他能够热心地小心照顾她。这个伙计的灵魂没有他的那些同行那样下流和冷酷。他亲眼看到我跟曼侬见面时的情景，那个缠绵动人的场面使他受到了感动。我送给他一个金路易，使他终于站到我一边来了。我们在走到院子里去的时候，他把我拉到一旁。

"先生，"他对我说，"如果您愿意雇我为您当差，或者是给我一笔相当的报酬，来补偿我失去这儿的工作的损失，我

---

① 凡尔赛宫，是巴黎西郊的皇宫。

相信要救出曼侬小姐是并不困难的。"

我非常注意地听着这个建议，虽然我这时是一文不名，我却答应了他一些条件，并且远远超过他所希望的。我想，要酬报这样一类的人总很方便。

"放心好了，"我对他说，"我的朋友，没有哪一桩事情我不乐意为你做，你的幸运跟我自己的幸运同样可靠。"

我想知道他打算用什么法子救曼侬。

"不用别的法子，"他对我说，"只要晚上打开她的房门，把她带到临街的大门口就行了，不过您得准备好在那儿接她。"

我问他，当她穿过走廊和院子的时候，难道就一点儿不用担心给人家认出来吗？他承认是会有一些危险，但是他对我说，应该冒一冒险。

虽然我看到他是那样有把握，心里非常高兴，但是我还是叫住了T先生，把这个计划告诉了他，同时也对他说到那个唯一的也许会使计划成问题的理由。他却比我更感到做起来有困难。他承认她完全可能用这个法子逃走；"但是，如果她被人认了出来，"他继续说道，"如果她在脱逃的中途给人捉住，那她也许一生都毁了。而且，您得马上离开巴黎，因为您再也逃不脱别人的搜索。由于您和她两个人的关系，这种搜索将会加倍厉害。单独一个人逃走是容易的事，可是带了一个漂亮的女人，那就几乎不可能不给人认出来。"

这一番议论虽然我听起来很有理由，但是在我的思想当中，它不能压倒要使曼侬得到自由的那种迫切的希望。我把我的想法告诉了T先生，我请求他稍许能体谅一下出自爱情的鲁莽和轻率。我又说，我的计划的确是想离开巴黎，然后就像我以前做过的那样，在附近某一个村子里住下。我们和那个仆人商量妥当，就在第二天实行他的计划，不拖得太久。

为了尽我们可能地把事情办得可靠，我们决定给她带去几件男人穿的衣服，好让她出来方便一些。把衣服带进去可不容易，不过我会想出法子来的。我只是请求T先生第二天穿两件轻便的上衣，一件套在另一件的外面，至于其他的衣服由我负责带进去。

第二天早上，我们又来到了妇女教养院。我给曼侬带来了内衣和袜子等衣物，在我穿的紧身上衣外面，套上了一件大衣，我的装满东西胀鼓鼓的口袋就一点儿也看不出来了。我们在她的房间里只待了一会儿时间。T先生把他的两件上衣脱下了一件给她，我又把我穿的紧身上衣给她，因为我光穿一件大衣就能够出去了。她打扮得齐齐整整，什么也不短少，但是不幸我忘记带裤子了。如果这件事给我们造成的困难不是如何严重的话，忘记掉这件必不可少的东西，无疑会使我们觉得好笑。然而这样小的疏忽，可能使我们被人捉住，我因此感到绝望。不过我想出了一个主意，那便是我自己不穿裤子出去，把我的裤子给曼侬穿。横竖我的大衣很长，用几枚别针别住，我就可以大大方方地从大门走出去了。

当天剩下来的时间，我真觉得长得叫人没法忍受。最后，黑夜终于来临，我们坐着一辆马车到了越过妇女教养院大门不远的地方。等了不一会儿工夫，我们就看到曼侬跟着领她路的人来了。我们的马车门是开着的，他们两人立刻上了车子。我张开双臂把我心爱的爱人抱到怀里。她好像一片树叶一样颤抖着。马车夫问我应该去哪儿。

"上天边去，"我说，"送我到一个我永远不会和曼侬分开的地方去。"

这种我自己无法控制的兴奋，差一点给我带来令人不快的麻烦。那个车夫思量着我说的话，后来当我对他说出了那条我们要他送到的街名的时候，他回答我道，他怕我把他牵连进一件坏事当中，他说他看得很清楚，这个叫做曼侬的漂亮少年，其实是一个我从妇女教养院里诱拐出来的少女，他可不高兴为了我的爱情弄得他自己倒霉。

这个坏蛋显得这样小心，不过是想要我多付他一些车钱而已。我们离妇女教养院很近，不得不对他迁就。"别多说啦，"我对他说，"您可以得到一个金路易。"

给他一个金路易，要他帮我烧掉妇女教养院他甚至都肯。

我们的车子向雷斯戈住的房子赶去。天已经很晚了，T先生就在半路上和我们分手，他答应第二天来看我们。只有那个仆人还和我们在一起。

我紧紧地搂住曼侬，因此两个人在车子里只占了一个人的位子。她快乐得直流眼泪，我感觉到她的热泪润湿了我的面孔。

但是到了应该下车走进雷斯戈家里的时候，我跟那个车夫又发生了新的纠纷，这场纠纷的后果真是不幸极了。

我很懊悔答应给他一个金路易，这不仅仅是因为这个报酬太多，还有另外一个尤其重要的原因，我没有钱付给他。我叫人把雷斯戈请来。他从他的房间里走出来，到了大门口。我凑近他的耳朵把我眼前的困难告诉他。他脾气粗暴，并且从来也不习惯对一个马车夫客客气气，他回答我说我不必介意。

"一个金路易！"他接着又说，"用手杖把这个坏蛋打二十下！"

我低声对他说，他这样做会毁掉我们的，但是他不听。他抢去了我的手杖，像是要狠狠打车夫一顿一样。那个家伙以前也许曾经有好几次被一个近卫军或者一个火枪手①打过，

———————————

① 火枪手，是当时为国王服务的卫士。

吓得立即赶着车子逃走，同时大声嚷着说我欺骗了他，不过我会听到他的消息的。我不住地叫他停下来，他睬也不睬。他的逃走使我感到极大的不安。我毫不怀疑他一定会马上去报告警官。

"您害了我啦，"我对雷斯戈说，"我住在您的家里是不会安全的，我们马上就得离开。"

我伸出胳膊给曼侬挽着，向前走去。我们赶紧走出这条危险的街道。雷斯戈陪伴着我们。

上天把一件件事故连在一起的方法真是不可思议。我们刚刚走了五六分钟，有一个我一点也看不出他面貌的人，认出了雷斯戈。他一定是在雷斯戈家的附近找他，他怀着恶毒的企图，并且把这个企图实现了。

"这就是雷斯戈，"他一面说，一面用手枪对他开了一枪，"今天晚上，他要去跟天使一块儿吃晚饭啦①。"

他立即逃走了。雷斯戈倒在地上，一动也不动，看不出有一点儿还活着的样子。我催曼侬快逃，因为要救一个死尸，是没有什么用处的，同时我怕被巡夜的警察捉住，他们很快就会追来。我带了曼侬和那个仆人逃进最近的一条横巷。她简直吓昏了，我好不容易才扶住了她。后来我在巷尾看见一辆马车。我们上了车子，但是当马车夫问我要上哪儿去的时候，我不知道怎样回答他才好。我没有一个可靠的避难处，也没有一个敢于求助的心腹之交。我没有钱，在我的钱袋里最多只有半个皮士多勒。惊慌加上疲劳，使得曼侬很不舒服，她坐在我的身边，好像差不多昏迷了一样。此外，在我的想象当中，老是充满了雷斯戈被害的事情，而且，我又害怕巡夜的警察

---

① 指雷斯戈要死了。

跟来。怎么办好呢？幸好我想起了沙伊若的旅店，我和曼侬当初去沙伊若这个村庄住家的时候，曾经在这家旅店里住过几天。我不仅盼望在那儿能够得到安全，并且盼望能够住上一些时候，不会给逼着付房饭钱。

"送我们去沙伊若。"我对马车夫说。

这么晚的时间他不肯去沙伊若，要去至少得一个皮士多勒车钱，这可是另外一个使我为难的事情。最后，我们终于讲妥六个法郎，这是我口袋里的钱的全部数目。

一路上我不住安慰曼侬。可是说实在的，在我的心里也是一片绝望。如果没有这个唯一使我对生命恋恋不舍的宝贝躺在我的怀抱里，我真会自杀一千次了。只是这样一个想法鼓舞我。"至少，我还有她啊，"我说，"她爱我，她是属于我的。梯伯史过去说的全是空话，这不是一种虚幻的幸福。如果我看到整个宇宙毁灭，也不会表示关心。为什么？因为除了曼侬以外，别的什么我都毫不依恋。"

这种感情是真实的。不过，当我这样轻视世界上的财富的时候，我又觉得我至少需要其中一小部分，好让我可以更加至高无上地来轻视其他的一切财富。爱情比富裕更有力量，比宝贝和财产更有力量，但是它也需要富裕、宝贝和财产的帮助。对一个文雅的爱人来说，如果看到自己因此而身不由己地变得像最卑劣的灵魂那样粗俗，那真是最让人感到失望的事了。

我们到达沙伊若的时候，已经是深夜十一点钟。旅店接待我们好像接待旧相识一样。曼侬穿了男人的衣服，人们看了并不惊奇，因为在巴黎和巴黎的近郊，大家见惯了女人穿各种各样的衣服。我吩咐别人周到地伺候她，就好像我的境遇是非常优裕似的。她一点不知道我身无分文。我也丝毫没有把这件事告诉她知道，决定第二天早上我一个人回巴黎去找良方，来医治这种叫人感到苦恼的疾病。

我看见她在吃晚饭的时候脸色苍白，面容憔悴。在妇女教养院里，我可一点儿也没有发觉她这副模样，因为我会见她的那间房间光线不好。我问她是不是由于看见她哥哥遭人暗害感到惊慌才变成这个样子。她对我保证说，她虽然因为这场意外的事情心里很害怕，她的愁容却是三个月来见不到我所造成的。

"你真是太爱我啦！"我回答她说。

"我爱你，比我能够用嘴说出来的还要爱一千倍。"她又说。

"那么，你永远不会再离开我啦？"我又问了她一句。

"不，永远不会再离开你了。"她肯定地说。她对我百般亲热，同时又山盟海誓，证明她的这句话非常真诚。的确，在我看来，她是永远也不可能把她的抚爱和誓言忘记的。

我一直相信她是一个诚实的女人。她凭什么理由要口是心非到这种地步呢？但是，她以后变得更加轻浮多变，或者不如说是一文不值。当她面对着那些生活优裕的女人，而感到自己是既贫困又窘迫的时候，她就连自己是什么样的人都不认识了。我不久就会得到一个新的事实，它比以往所有的证据更能证实这个情况。这个新的事实带来了最离奇的变化，对一个像我这样出身和地位的人来说，这种变化是从来也不会遇到的。

我知道她的这种脾气，所以决定第二天就赶紧到巴黎去。

她哥哥的遇害，以及她和我都需要内衣和服装，这些都是我要去巴黎的理由，此外用不到再找别的借口了。我走出旅店，对曼侬和旅店老板说，我打算去找一辆出租马车，但是这不过是说说大话罢了。我身无分文，逼得我只有步行；我疾步如飞，一直走到了古尔－拉－莱因①，想在这儿休息休息。我应该独自一个人清静片刻，好使自己安定下来，预先考虑和安排到巴黎以后究竟怎么办。

我在草地上坐下，沉入推想和思虑的大海中，后来，这些推想和思虑渐渐集中成为三个主要问题。

我需要及时的援助，好得到无数迫切要用的必需品；我要寻找一条至少能给我的前途带来希望的道路；我还得为了曼侬和我自己的安全，去打听一些消息，想一些办法，这也是相当重要的事情。在这三个主要方面我绞尽脑汁进行了筹划，我决定后面两点暂时可以放弃。住在沙伊若旅店的房间里，我们的安全不会有什么问题；至于未来的需要，我认为当我眼前的需要得到满足以后，尽有时间去一一考虑。

问题是现在怎样把我的钱袋装满。T先生曾经慷慨地把他的钱袋送给我过，但是我极不愿意再亲自去找他谈这样的事情。把自己的贫困对一个外人诉说，请求别人分一部分钱财送给自己，这算什么人啊！只有低贱的小人，由于天性卑鄙，毫不觉得可耻，才能这样做；或者是谦逊的天主教徒，由于极度的宽仁，使他远远地超出这种羞耻之上，也能这样做。而我呢，既非低贱的小人，也非谦逊的天主教徒，我宁可牺牲半条生命，也不愿意干这种可耻的事情。

"梯伯史，"我说，"好心的梯伯史，他能够有力量帮助我的，他会拒绝我吗？不会的，他会同情我的不幸，可是他也会用他的一番教训来教我苦恼。我一定会受到他的责备，他的劝告，他的恐吓。我要付出很昂贵的代价去买他的援助，因此我宁愿牺牲我一部分的生命，也不愿意遭遇到那种令人难堪的局

---

① 古尔－拉－莱因，是一条在塞纳河边的大道，现在巴黎市内。

面，这种局面将会使我感到悲痛和悔恨。"

"好的，"我又对自己说道，"一切希望都应该放弃，既然没有别的路好走，既然我根本不想走那两条路，那么，与其让我选择其中任何一条，不如自愿送掉一半的生命来得好。也就是说，要是走那两条路的话，我情愿断送整个的生命。"

"对，整个的生命，"我想了一会儿以后，又说道，"我无疑愿意献出我整个的生命，而不愿意对人低声下气地苦苦哀求。但是，这关系到我的生命，也关系到曼侬的生活和日常的需求，以及她的爱情和忠实啊。我还有什么东西可以拿来和她相比呢？一直到现在，我什么都没有拿来和她相比过。她就是我的光荣，我的幸福和我的财富。的确，有许多东西，为了得到它们，或者避免它们，我可以舍弃生命；但是，即使有一样东西，我对它的重视甚于我的生命，也不能成为一个理由，让我像重视曼侬一样重视它。"

我这样思考了以后，不一会儿就打定了主意。我继续向前走，决定先去梯伯史那里，然后从他那儿再上T先生家去。

我走进巴黎，虽然没有一个子儿付车钱，我还是租了一辆马车。我指望着可以依靠我打算去求借的那笔款子。我叫车夫把我送到卢森堡公园[①]，接着我派车夫去通知梯伯史说我在这儿等他。他非常迅速地赶来了，所以我没有等得怎样焦急。我直截了当地对他说我眼前是如何困窘。他问我前次我还给他的那一百个皮士多勒够不够我用，他一句表示为难的话也没有对我说，就立刻去把那笔钱拿来给了我。他神情开朗，表现出那种只有仁爱和真正的友谊才能产生出来的快乐的态度。

────────

① 卢森堡公园，巴黎市区内的一个著名公园，此地离梯伯史所在的圣－舒尔比斯修道院很近。

曼侬·雷斯戈 ◈ 法国文学经典 ◈

　　我对我的请求可以得到成功，虽然本来一点也不怀疑，但是能够这样轻而易举地到手，也就是说，对我的执迷不悟他毫不责备，这倒令我感到惊奇。可是，我以为已经完全逃脱了他的斥责，那是想错了。因为他把钱数好给我以后，我正想和他告别，他却要求我和他在公园的小道上走一圈。我丝毫也没有对他谈到曼侬，他还不知道她已经恢复了自由；因此他那些教训我的话，只是关系到我从圣拉萨尔大胆的脱逃和他的忧虑，他忧虑是因为我不但没有从在圣拉萨尔接受的贤明的教训当中得到益处，而且重新又要过放荡的生活。

　　他对我说，我越狱以后的第二天，他上圣拉萨尔看我，他听到我逃走时的情形，简直惊讶得难以形容，他因此去求见院长。他说那个善良的神甫惊慌的心情依旧没有平定下来，却是宽宏大量，没有将我越狱的事情报告警察总监知道，也禁止把守门人死去的消息传到外面去；在这方面我是一点儿也不用担心了。不过，他又说，如果我还有一点点的真诚的感情的话，不要错过上天这次对我的事情赐给的好机会，我应该先写信给我的父亲，和他恢复感情。他又说，如果我愿意听从一次他的劝告的话，他主张我离开巴黎回到家庭的怀抱里去。

　　我听他说话，一直听到他说完。在他的话里面，有好多地方教我听了很高兴。第一样使我喜欢的事就是不用再担心圣拉萨尔那边的事情了，巴黎的大街小巷，对我又变成一个自由的天地。第二样，我自己认为值得高兴的，是梯伯史一点儿也没有想到曼侬也恢复了自由，而且她又回到我的怀抱里。我甚至还注意到他避免对我谈到曼侬，因为我对曼侬的事情表现得无动于衷，他一定以为我的心里已经不大想她了。我决定即使不回家去，也要至少照梯伯史劝我的那样，写一封信给我的父亲，对他表明我回心转意，要履行我的责任，顺从他的意志了。我借口说我要上练武学校学习，希望他能寄钱接济我。因为，要是我说我打算再回到宗教界去，那是很难使他相信的。事实上，我对于我表示愿意答应他去练武学校的事，根本并不厌恶；相反，我很想做做某种正经的合理的事情。而且，这个计划可以和我的爱情一致。我估计一方面和我的爱人住在一起，一方面在练武学校学习，这完全能够兼顾。所有这些想法，使我深为得意，于是我答应梯伯史就在当天写信给我的父亲。我离开他以后，果真走到一家供写信的店里，我写的信，里面的口气是这样婉转和顺，就连我自己在重新读它一遍的时候，也认为可以获得父亲从内心里发出的感情。

离别梯伯史以后，虽然已经有钱雇马车，我却骄傲地徒步向 T 先生家里走去，我觉得这样很愉快。我这样自由自在地走着，心头充满快乐，因为我的朋友向我保证说我一点儿也不用担心被捕了。可是，我突然想到他的保证只是限于圣拉萨尔的一方面，而除了圣拉萨尔以外，妇女教养院的事情我也牵连在内，更不用提雷斯戈的死亡了，这件事我也逃脱不了干系，至少我是一个证人。一想到这些，我不禁心惊肉跳，立刻走进眼前的一条小街里，雇了一辆马车。我一直赶到 T 先生家中。我的惊惶失措的神情，教他见了好笑；等到他告诉我说，妇女教养院和雷斯戈这两方面的事情都不必担心以后，我自己也对自己的心惊胆战的样子觉得可笑了。他对我说，他想到别人可能会怀疑到他跟抢走曼侬这件事有关系，当天早晨他便去妇女教养院，装作不知道发生了什么事，要求和曼侬见面；别人一点也没有想到要控告我们两个人，他或者我，相反地，他们急急忙忙地把曼侬失踪的事当作一件奇怪的新闻告诉他。他们都很惊讶,像曼侬这样一个漂亮的少女,怎么会肯和一个仆人私自逃走呢。他说他只对他们冷淡地回答说,他对这种事并不吃惊,一个人为了得到自由,任何事都是做得出来的。

他继续告诉我说,接着他便从妇女教养院上雷斯戈家里去,希望在雷斯戈家里看到我和我的美丽的爱人。那个制造马车的房东对他说,他既没有看到曼侬,也没有看到我;但是他对于我们没有到过雷斯戈家里并不感到奇怪,如果我们去那儿是为了看雷斯戈的话,那么,我们一定会知道,差不多就在那个时候他刚刚被人杀死了。接着,他就把他所知道的雷斯戈被害的原因和其中的过程讲给我听。

大约在出事两个钟点以前,雷斯戈的一个朋友,一个近卫军来看雷斯戈,约他一同赌牌。雷斯戈赢得快极了,对方发现自己在一个小时以内就输了一百个埃居,也就是说,输光了他全部的钱。这个不幸的家伙眼看自己输得一个铜子儿也不剩,便请求雷斯戈把他输的钱借一半给他。这样一来,就发生了纠纷,他们两个人气势汹汹地争吵了起来。雷斯戈不肯出去斗剑①。另一个人在离开的时候,发誓说一定要把他的脑袋瓜打碎;就在当天晚上,他实现了他的誓言。T先生又好心地补充说道,他那时候想到这件事会和我们发生关系,感到非常不安,他还说,今后他会继续替我效劳。我毫不犹疑地把我们隐居的地方告诉了他。他要求我同意他来和我们一同吃晚饭。

我除了替曼侬买内衣和服装以外,就没有别的事情要做了,所以我对他说,如果他愿意跟我一同在几家商店里停留片刻,

---

① 指接受决斗的意思。

我们马上就可以动身。我不知道他是以为我这个提议是想要他送人情呢，还是由于一个善良的心灵的单纯的驱使，然而，他同意立即动身以后，把我带到几家一向和他家有来往的商店里。他叫我挑选了好几种衣料，价钱之贵，超过了我原来预备买的。我打算付钱，他坚决不让那些商人收下我一个铜子儿。他的客气完全出自真心，竟使我觉得可以接受他的礼物而不会羞愧。我们一块儿去沙伊若，我回到沙伊若的时候，不像离开的时候那样焦急不安了。

格里欧骑士把他的故事说了一个多小时，我请他稍微休息休息，和我们一块儿吃晚饭。他看到我们对他这样关心，断定我们非常高兴听他讲话。他向我们保证，他以后的经历说出来将会使我们更加觉得有趣。我们吃好晚饭以后，他就继续往下讲。

第二部

　　我的回来，加上T先生彬彬有礼的态度，驱除了曼侬可能有的一切忧愁。

　　"把我们过去遇到的担惊受怕的事忘掉吧，亲爱的，"我在见到她的时候说，"让我们重新开始过比以前更加幸福的生活。不管怎样，爱情是一个好心的主宰，命运带给我们的痛苦，比起它让我们尝到的快乐，可少得多了。"

　　我们的晚餐是一个欢乐的场面。我有曼侬和一百个皮士多勒，真是比巴黎的钱财堆积如山的最有钱的富翁还神气，还得意。计算一个人有多少财产，应该用他满足他自己的愿望的方法做根据。我不用再满足我个人任何的愿望，就是未来本身也使我不感到有什么麻烦。我几乎很有把握地相信我的父亲会供给我费用，让我在巴黎体面地生活，因为我已经二十岁了，我有权利要求得到我母亲给我的一部分财产。我现在的全部财产只有一百个皮士多勒，我对曼侬毫不隐瞒。这笔钱足够太太平平地用到一个好运气来临的时候。由于我的应有的继承权，或者，由于我靠赌博弄来的钱，我是不会没有好运气的。

　　这样，在最初几个星期里，我只想着怎样享受眼前的快乐。因为自尊心的力量，同时也因为对于警察仍旧抱着戒心，所以与德……旅馆①的那批伙伴重新搭上关系的事，一天一天

---

　　① 即上文提到的德兰斯瓦尼亚旅馆。

地被我拖下来。我只是在几家声名还不那么坏的赌局中打牌，运道居然很好，因此用不着去使用可耻的骗术。我每天下午大部分时间是在城里度过的，然后回到沙伊若吃晚饭，经常总是和Ｔ先生一起回来，他对我们的友谊一天比一天增长。曼侬也找到了排愁解闷的方法，她在附近结识了几个被春天吸引到这儿来的年轻姑娘。她们散步，玩一些女性们爱玩的小游戏。她们玩一种输赢有限的赌博，谁赢了钱，就拿来雇马车给大家乘着到布洛涅森林①去兜圈子。晚上我回来以后，总觉得曼侬比以前更加美丽，更加高兴，更加热情了。

然而，升起了几片阴云，仿佛在威胁着我的幸福的生活。不过，它立刻就消失得干干净净，而曼侬的爱开玩笑的脾气，使得整个事情的结尾变得那样有趣，我在以后回忆起来，仍然感到甜蜜的滋味。而这样的回忆又总是会叫我想到曼侬的温情和她的快乐的气质。

在我们跟前的那一个唯一的仆人，有一天，带着非常为难的神情把我领到背地里对我说，他有一样重要的秘密事情要告诉我。我鼓励他只管直说出来。他兜了几个圈子，才对我说，有一个外国来的贵族老爷，好像非常喜欢曼侬小姐。我听了后，周身血管里的血立刻都沸腾起来了。

"她也爱他吗？"我急忙打断他的话，其实，为了要把事情探听清楚，态度应该谨慎一些。

我的激动的神情使他害怕。他带着不安的态度回答我说，他的观察能力还到不了这样仔细的地步；但是，好几天以来，他总观察到那个外国人不断地到布洛涅森林来，在那儿走下他的马车，一个人在一些平行侧道上走来走去，好像是在找

①　布洛涅森林，是巴黎城西的风景区。

机会看到小姐或者是遇见小姐。于是他就想到去跟这个人的跟班们聊聊，好打听打听他们的主人叫什么名字。那些跟班说他们把他看作是一个意大利亲王，他们也疑心他遇到了什么风流艳事。他又全身哆嗦地说，其他的线索他就无法供给了，因为那时候亲王已经从森林里走出来，很亲热地走到他的跟前，问他叫什么名字；接着，他好像猜到他是我们的仆人，便向他祝贺，说他能被人间最漂亮的女人使唤。

我迫不及待地想知道他下面要说的话。他局促不安地请我原谅，表示他的话说完了，我却以为由于我粗率的激动，他才不肯再说下去。我催他继续向下说，丝毫不要隐瞒，但是没有用，他坚持说他只知道这样一点点事情，别的就不知道了。他又说他刚才对我说的那些情况，是在前一天发生的，以后他就没有再看见那个亲王的跟班们。我不仅对他大为夸奖，好使他安心，而且还答应给他相当的报酬。我在他面前一点也没有显出我对曼侬的猜疑，我用很冷静的态度关照他注意那个外国人的一举一动。

说实在的，他的惊慌的模样引起我难以忍受的怀疑。这种惊慌可能使他瞒住了一部分真相。然而，我思量了一会儿以后，从忧虑中恢复了平静，甚至懊悔我为什么会表现得这样软弱。有人爱上曼侬，我可不能归罪于她。从表面上来看，她自己也非常可能不知道她会惹得别人爱上她。如果我这样容易地让嫉妒进入我的心里，那我将来要过什么样的生活呢？

第二天我又到巴黎去，我没有别的企图，只是想大赌一场，好让我的财产可以赶紧增加。万一遇到什么令人不安的变化，那我就能够有条件离开沙伊若了。当天晚上，我没有听到一点点会妨碍我安歇的事情。那个外国人又在布洛涅森林出现了，和上一天经过的情形一样，他走近我的仆人跟前，对他谈到他的爱情，但是在他的措辞里别人看不出他和曼侬私底下已经有了往来。他向我的仆人问了许许多多琐碎的事情，最后，他答应重重酬谢他，想把他收买过去，他拿出一封准备好的信，要他交给他的女主人，同时拿了几个金路易送他，可是他没有接受。

两天过去了，没有发生别的什么意外。到了第三天，却变得有点令人不安起来。我从城里回来得相当晚，到家里后，知道曼侬在散步的时候，曾经离开她的同伴们一会儿时间，而那个外国人跟在她后面，相距不远，她向他做了一个手势，他便走到她的跟前。她交给他一封信，他拿到信后真是欢喜得手舞足蹈起来。他一时无法表白他的喜悦，只是热情地吻着信上的字，因为她立刻就溜开不见了。但是，从这以后，她一直都显得说不出的高兴，回到寓所里，她依旧是那样兴高采烈。这段叙述里的每一个字都叫我听了浑身发抖。

"你能够担保你的眼睛没有看错吗？"我忧伤地对我的仆人说。

他指天发誓，表明他说的全是真话。曼侬已经听到我回来了，如果她不走到我的身边，对我这样迟回来露出焦急和埋怨的样子，我就不知道我心头的痛苦会使我变成什么样子。她根本不等待我答话，就尽情地抚慰我。等到她看见只有她一个人和我在一起，她就很激烈地责备我为什么总是这样晚才回来。我没有回答，她便乘机尽兴地说下去。她对我说，三个星期以来，我从没有陪她待过一整天时间，她不能忍受这样长久的孤寂。她要求我至少每隔几天就要拿一整天的功夫陪她，明天，她便要我从早到晚都在她的身边。

"您不用多心，我会照做的。"我用很粗鲁的口气回答她。

她并不怎么注意我的伤心的神气。她喜笑颜开，那种态度在我看来的确显得少见的爽朗，她对我讲了无数遍她白天是怎样度过的，她的描绘令人发笑。"奇怪的女人！"我自言自语地说，"从这个序幕我应该等待什么呢？"我又想到我们第一次分离的经过。但是，在她的快乐和亲热的态度里，我相信自己看到了一种真诚的感情，这种感情和她外表的言行是完全相称的。

在吃晚饭的时候，我无法掩盖我的闷闷不乐的神色，不过，这是不难解释的，我说我是在痛惜输了一笔钱。她叫我第二天不要离开沙伊若，我觉得这个建议太好了，让我有时间来考虑问题。我明天在场，就能防止各种令人担忧的事情。而且，如果我看不到一点非得叫我把我的发现声张出去不可的情况，我决定后天搬进城里去住，把家安在一个丝毫不会与亲王们发生纠葛的区里。我这样的安排，使我一夜过得比较平静，但是，害怕她又要做出一件对我不忠实的事，我的痛苦并不能消除。

早晨我醒来以后，曼侬对我说，虽然我们整天待在家里，她却不愿意我装扮得随随便便，她说她要亲自梳理我的头发。我的头发长得非常美。她以前曾经有好几次作为消遣替我梳理过；但是这一次，她却更加细心，是我前几次从来没有看见过的。我为了要使她满意，不得不坐在她的梳妆台前面，听任用她想象出来的各种小花样来梳理我的头发。在她梳理的时候，她常常把我的头扭转过来，面向着她，又把她的两只手放在我的肩膀上。她带着一种贪婪的好奇的神情望着我。然后，她吻我一两下，来表示她心里是如何满意，同时，又叫我回到原来的姿势，好让她继续梳理下去。这样的嬉戏一直到吃中饭的时候才停止。她的兴致，我觉得是这样自然，她的快乐的神情，又叫人不觉得有丝毫的做作，因此，我好几次都想对她敞开胸怀谈谈，把开始压在我心头的重担摆脱掉。因为她那与往日没有一点不同的外貌，跟一个暗地里要对我背信弃义的计谋是不符合的。可是，我每个时刻都在盼望由她来向我解释，而且我预先就对这一点感到一种令人愉快的胜利。

我们重新回到她的卧室里。她又开始梳理我的头发，我为了讨她欢心，任凭她高兴怎样就怎样。就在这时候，仆人来通报她说，某某亲王请求见她。听到这个名字我简直气疯了。

"什么？"我推开她，大声问道，"哪一个？是什么亲王？"

她根本不回答我的话。

"叫他上楼来，"她冷静地吩咐仆人说，接着，转过身来对着我。

"亲爱的好人儿，你是我最心爱的人，"她用一种迷人的声调说道，"我请你容忍一会儿，一会儿，仅仅一会儿。以后我会千万倍地更加爱你。我一辈子都会感激你的。"

我又是愤怒，又是惊讶，舌头都僵硬了。她不住地请求我，我却在寻找一些话想轻蔑地拒绝她的请求。但是，她一听到前厅的门打开的声音，就一只手握住我的在双肩上飘动的头发，另外一只手拿起她梳妆的镜子。她用尽气力把我这样地拖到卧室门口，用膝头顶开了房门。那个外国人好像听到了声音，已经在客厅当中站住了，曼侬让他看到了一场戏，这场戏应该使他感到说不出的惊奇。我看到了一个穿得非常讲究，外貌却是奇丑无比的家伙。

这个场面令他非常尴尬，但是他依然深深地鞠了一个躬。曼侬不让他有开口的机会，对着他举起了她手上的镜子。

"看吧，先生，"她对他说，"好好地瞧一瞧您自己，然后对我说句公道话。您向我求爱。这儿的这个人便是我所爱的人，我曾经发过誓要终身爱他。您自己来比一比吧。如果您相信您能够和他来争我的心，那就请您告诉我，您所根据的是什么理由。我对您申明：在您的最卑下的女仆的眼睛里，所有的意大利的亲王，都抵不上现在握在我手上的一根头发。"

这段疯狂的话，很明显，是她预先想好了的。她在说这些话的时候，我尽力想挣脱她的手，但是没有成功。我对这个有身份的人颇为怜悯，我觉得应该用我的礼貌来补偿对他的羞辱。可是，他很容易地镇定了下来，他的回答我感到有点儿粗鲁，所以我打消了原来的打算。

"小姐，小姐，"他带着不自然的微笑对她说道，"我终于睁开眼睛了，我发现您没有我当初所想象的那样幼稚。"

他立刻走了出去，连看也不看她一眼，同时嘴里还低低地嘀咕了一句，说法国女人没有意大利女人好。在这样的时刻里，我一点儿也不想使他对女性有什么好感了。

曼侬松开了我的头发，扑到一张围椅上，不停地大声笑着，使整个房间都震动起来。对她这种不惜抛头露面的行动，我毫不隐瞒，真是连心底里都常常受到了感动，她所以这样做，我只能归于她对于我的爱情。可是，这个玩笑我总觉得太过分了一点。我责备了她几句。她对我说，我的这个情敌在布洛涅森林纠缠了她好几天，并且做出一些怪相来让她猜测到他的倾慕之情，接着他就打定主意写一封信给她，公开表示自己的情意，还把他的名字和他所有的头衔都告诉了她，信是交给替她和她的女伴们赶车的车夫转送的。曼侬又说，他答应她可以在群山的那边①得到一笔巨大的财富和永远的崇敬。她回到沙伊若的时候，曾经决定要把这件意外的事告诉我知

---

① 群山的那边，指意大利和法国之间隔有阿尔卑斯山。

道，可是她想到我们可以乘机取乐一番，就无法控制她的想象力。她接着写了一封奉承对方的回信给那个意大利亲王，请他随时上她家里来。她说，她所做的第二件感到快乐的事，便是把我拉进了她的计划当中，却一点没有使我产生丝毫的怀疑。我原先从另一个方面听来的话，现在一个字也不对她提了我陶醉在爱情的胜利里，称赞她做的完全正确。

在我的一生里面，我注意到上天总是选择我自认为自己的幸运似乎非常可靠的时候，用最严酷的惩罚来打击我。Ｔ先生对我的友谊，曼侬对我的爱情，都教我觉得自己很是幸福，任何人也不能使我理解到我该担心什么新的不幸的事情临头这件事。然而，新的不幸的事情正在孕育，它是那样悲惨，竟使我落到您在帕西所看到的那种窘境，而且，逐渐引出来的那些后果，又是那样令人哀痛，也许您不大容易相信我的叙述是真实的了。

有一天，我们正和Ｔ先生一起吃饭，听到一辆四轮马车在旅店门口停下来的声音。好奇心使得我们渴望知道这个时候是谁上这儿来。别人告诉我们说这是小Ｇ·Ｍ先生，也就是说，是我们最狠毒的敌人，那个把我送到圣拉萨尔，把曼侬送到妇女教养院的老色鬼的儿子。听到他的名字，我激动得满脸通红。

"这是上天把他带到这儿来的，"我对Ｔ先生说，"因为他父亲的卑劣行为，我要惩治他。我们不比一下剑，我是不会放过去的。"

Ｔ先生本来认识他，甚至还是他的好朋友，他竭力使我对小Ｇ·Ｍ抱另一种感情。他向我保证说，那是一个非常和气的年轻人，不大可能参与他父亲干的那些事情，我只要亲眼见到他，不一会儿，就一定会敬重他，而且也指望对方敬重自己。他叙述了他的无数优点以后，便要求我答应邀请他上我们的房间里来和我们坐在一块儿，跟我们同吃还未吃完的饭菜。他又说，他不同意这种看法，认为我们的敌人的儿子发现了曼侬的住所，会使曼侬遭到危险，他用他的名誉和他的信用保证说，小 G·M 一旦认识我们以后，我们将找不到第二个比他还要热心的辩护人了。

我听到这样一些保证以后，就一点也不再持异议。T 先生把他带进来前，自然耽搁了一会儿，把我们两个人是谁告诉了他。他走进屋子里的时候，那种态度的确叫我们对他产生好感。他拥抱了我。我们都坐了下来。他称赞曼侬，称赞我，称赞所有属于我们的东西。他不停嘴地吃着我们的饭菜，吃得津津有味。

等到餐桌收拾干净，大家的谈话变得严肃起来。他低下头，对我们谈到他父亲对我们采取的过分的行动，他向我们说了一些极其谦逊的道歉的话。

"我不提那些事情啦，"他对我们说，"因为我不想再唤起那种使我感到羞愧的回忆。"

如果说，这些道歉的话，在开始的时候就是真诚的，那到后来，就变得愈加真诚了。因为，谈话不到半小时，我就看出来，曼侬的妩媚动人，对他发生了影响。他的眼光和他的态度逐渐变得亲切。不过，在他的言谈当中没有露出一点儿迹象。可是，我不用嫉妒心的帮助，单凭我在爱情方面的丰富的经验，就辨别得出根据这个变化发生了什么事。

当晚其余的时间，他都留在我们这儿，他在辞别以前，表示他认识我们觉得很庆幸，他还要求我们允许他今后常来为我们效劳，然后才离开。第二天一早，他请 T 先生坐他的马车，一同走了。

正像我在前面说过的一样，我觉得自己一点儿也不嫉妒。我比以前更加相信曼侬的山盟海誓。这个可爱的女人完全主宰了我的灵魂，使得我对她只有敬重和爱慕，再没有别的任何感情。她受到那个小G·M的喜爱，我丝毫也不归罪于她，而且，我对她的魅力造成的结果，满心欢喜。我为一个所有的人都认为可爱的女人所钟爱，真是洋洋自得。我甚至以为，把我的猜疑告诉她是不合适的事。在以后几天里，我们一心忙着替她添购衣服，并且商量我们能不能上喜剧院去看戏，而不会有被人认出来的危险。T先生在周末前又来看我们了。我们向他请教这件事情。他看得很清楚，要使得曼侬高兴，应该说，可以去。我们决定当天晚上和他一同去喜剧院。但是这个决定好了的打算并没有能够实现，因为他立即把我拉到一边，私下对我说：

"自从我认识您以来，我遇到了最棘手的难题。今天我来看您，就是为了这个缘故。小G·M爱上了您的情人啦。他秘密地对我讲了。我是他的知己朋友，能够全心全意为他效劳。可是我也是您的好朋友。我看出来他不怀好意，我责备了他。如果他的企图是想采用一般的方法来求得爱情，我是会保守他的秘密的；但是曼侬的性情他探听得一清二楚。我不清楚他是从哪儿了解到的，他知道曼侬喜欢钱，喜欢享乐，而他已经得到了一笔可观的财产；他对我说，他一开始的时候，就要用非常贵重的礼物和一万立弗一年的生活费来引诱她。如果你们的事情我一视同仁，那么要我泄漏他的秘密，我也许会感到万分为难。但是，正义和友谊都在您这一边，加上我介绍他到这儿来，成为他轻率的情欲的起因，因此我更不能不把我所造成的不幸的结果预先通知您。"

T先生的这样重要的帮助，我对他很感谢，而且我也对他表示万分信任地承认说，曼侬的性格正是和小G·M想象的那样，也就是说，她是不能够忍受贫穷这两个字的。

"可是，"我对他说，"要是问题只是在于钱多少而已，我不会相信她能够为了另外一个人而把我丢弃。眼前我可以使她什么都不缺乏，我估计我的财产将会一天一天地增加。我只担心一件事，"我又补充了一点，"那便是小G·M会利用他知道我们的住址这一点，来教我们遭到麻烦。"

T先生对我担保说，在这方面我不用害怕，小G·M可能是一个痴情的人，但是绝不会干出什么卑鄙的事情来，如果他下流无耻，做出了坏事，那么他，说这番话的他，就要第一个惩罚他，用这种惩罚来补救自己惹出来的祸事。

"我非常感激您的好意，"我说，"但是不幸的事情将会发生，补救的方法却毫无把握。所以最聪明的法子还是事先防止它发生，离开沙伊若，搬到另外一个地方去住。"

"对，"T先生说，"可是，想照所想的那样快搬走，是不容易了，因为小G·M中午就要上这儿来，这是他昨天对我说的，正是因为这件事，我才一清早来看您，好把他的打算告诉您知道。他现在随时都可能到达这儿。"

这个通知是这样的紧迫，我不得不用更加严肃的眼光来看待这件事情。要逃避小G·M的来访，我看是不大可能的了，而且，我觉得我的确也不大可能阻拦他对曼侬表示他的心意，因此我决定亲自把这个新的情敌的企图预先告诉她。我想，如果她知道我晓得他将对她说些什么，并且我也在场的话，她便会有足够的力量回绝他。我把我的想法告诉了T先生，他回答我说，这是极其微妙的事情。

"我承认是极其微妙，"我对他说，"但是，人们可以有所有的理由信任自己的情人，我便也有那些理由来信任我的情人的爱情。只有丰盛的礼物才能迷惑她，我对您说过，她是根本不考虑什么利害关系的。她爱她的舒服享受，不过她也爱我。就我眼前的境遇来说，我不相信她能够不爱我，反而会去爱一个把她关到妇女教养院去的人的儿子。"

总之，我坚持我的计划，当我单独和曼侬在一块儿的时候，我自然而然地把我刚刚听来的事情，都告诉了她。

她感谢我对她有这样好的评价，她答应我她将用一种使对方今后不会再送礼的态度来接受小G·M的礼物。

"不，"我对她说，"不应该用无礼的态度激怒他。他会教我们倒霉的。可是，你这个调皮鬼，你呀，"我笑着说下去，"怎样摆脱一个讨厌的、叫人不舒服的爱人，你可知道得很清楚啊。"

她稍微想了一下，大声说道：

"我想到了一条好计策，想到这条计策我可真感到得意。小G·M是我们最狠毒的仇人的儿子，我们应当找他父亲报仇，不应当找到儿子的头上，但是，我们可以找儿子的钱袋报仇呀。我要听他讲些什么，我要接他的礼物，还要跟他开开玩笑。"

"这个主意真妙，"我对她说，"可是，我的可怜的孩子，你没有想到，这正是把我们一直送到妇女教养院去的那条道路啊。"

我向她指出这样做很危险，但是没有用，她对我说，只要掌握分寸，就不会出问题。我提了许多反对的理由，她都不同意。天下哪儿有一个男人对他崇拜的情人的任性行为不盲目附和的呢。如果您指出来一个的话，那我就承认我这样轻易地对她让步是错了。我们决定好要欺骗小G·M，但是，由于我的命运的离奇的捉弄，结果却是我受到了欺骗。

快十一点钟的时候，我们看到小G·M的马车来了。他对他冒昧地来和我们一同吃午饭，说了一些非常漂亮的客气话。

他看到了T先生一点儿也不感到奇怪，T先生在前一天答应过他也到这儿来的，同时，他借口有另外一些事情，避免了和他同车来。虽然我们没有一个人心里不在盘算着对付别人，可是，当我们围着餐桌坐下来的时候，每个人都显出诚挚友爱的神情。小G·M很容易就找到机会向曼侬表示他的情意。我不会被他看作是碍事的人，因为我故意离开了几分钟。

我回来的时候，看见曼侬过分冷淡的态度并没有使他失望。他简直高兴极了，我也装作很高兴的样子。他在心里笑我傻，我呢，也在心里笑他脑筋简单。整个下午，我们两人就在扮演一场非常有趣的戏。在他临走以前，我还有意照顾他，让他得到片刻的时间独自和曼侬谈话，因此他有理由称赞我的好意以及我的盛馔。

他和T先生一上马车，曼侬立刻张开胳膊奔到我的面前，大声笑着，把我抱住。她把小G·M说的话和提的条件，一字不改地对我说了一遍。简单说来，就是他崇拜她，他愿意和她共同分享他已经到手的四万立弗的财产，还不包括他父亲将来去世后他可以得到的一笔遗产在内。她将会成为他的心和他的财产的主人。而且，为了证明他有情有义，他准备供给她一辆马车，一座家具齐全的府第，一个贴身侍女，三个男仆和一个厨子。

"瞧这样一个儿子，"我对曼侬说，"他的慷慨的程度，和他的父亲相比，真是完全不同啊。我们凭良心说，"我又加了一句，"这样的礼物，您就一点儿也不动心吗？"

"我吗？"她说，同时改了拉辛①的几句台词来表达她的心意：

---

① 拉辛（1639—1699），法国著名的古典主义剧作家，代表作有《昂朵马格》、《费德尔》、《伊菲琴尼》等。

"我！您竟怀疑我对您不忠实？

我！我怎么能够忍受得住一张丑恶的面孔，

它老是使教养院在我眼前出现？"①

"不，"我回答道，一面也接下去念了两句戏改过的台词：

"夫人，我很难想象教养院

是爱神射在您灵魂里的箭。②

但是，一座家具齐全的住宅，一辆马车，三个男仆，这倒是诱惑人的礼物啊。爱情却很少这样强烈地吸引人呢。"

她对我表白，她的心永远都是属于我的，她的心，除了接受我的一根根的箭以外，绝对不会接受别人的箭。

"他对我许下的许多事情，"她对我说，"与其说是爱情的箭，还不如说是复仇的刺。"

我问她是不是想收下府第和马车。她回答我说，只想要他的钱，困难的是得到了这一样，就一定要得到另一样。

我们决定等着看小G·M的计划的全部内容，他答应写信告诉她的。第二天，她果然收到了由一个没有穿仆役服装的听差③送来的他写的信，这个听差非常机灵地找到无其他人在场的机会单独跟她说话。她叫他等她写回信，接着就立刻把信拿给我。我们一同打开信看。除掉表达爱情的那些陈词滥调以外，信里面还写着我的情敌所应允的详细条件。

他要花多少钱真是毫无吝啬。在她搬进那座府第的时候，

---

① 在拉辛的《伊菲琴尼》一剧第二幕第五场中，有这样几句：
"我？您竟怀疑我对您不忠实？
我，太太，我将会爱一个发怒的战胜者，
他老是全身是血地在我眼前出现，……"
曼侬说的那几句诗就是根据这几句改的。

② 在《伊菲琴尼》的同幕同场中又有这样几句：
"这些死人，这勒斯波，这些灰，这团火，
都是爱神射在您灵魂里的箭。"
格里欧说的那两句诗就是根据这两句改的。

③ 当时贵族雇佣的听差都穿制服，这里这个听差没有穿他应穿的服装，是由于小G·M怕给格里欧发觉他的企图。

他就给她一万法郎，这笔钱以后用去多少，他就补足多少，总让她一直保持这笔整数。要她搬家的日子定得很近，他要求她只用两天时间准备，他还把那座府第的名字和街名都告诉了她，约好第二天下午如果她能够从我手中逃出的话，他就到那里去等她。这是他要求她回答的唯一的一个问题，免得他不放心；其余各方面，他似乎都很有把握一样，但是，他又说，假使她预料到从我这儿逃走有困难，他会另想办法使她能够容易地脱逃。

小G·M比起他的父亲是狡猾多了。他想先得到他的捕获物，然后再付钱。我和曼侬商量她应该采取什么行动。我又一次地尽力劝她放弃这一个冒险的计划，我对她指出所有的危险。可是任什么也不能够动摇她的决心。她给小G·M写了一封短短的回信，向他保证她将毫无困难地按照指定的日子到达巴黎，他可以安心地等她。

接着我们决定好我立刻动身到巴黎的另一边①的某个村子租一所新的寓所，并且把我们为数不多的行李亲自带到那儿。第二天下午，即是他和她约好的时间，她早一点去巴黎，她拿到小G·M的礼物以后，就请求他带她到喜剧院去看戏；她要随身把可能带的款子全带着，其余的交给我的仆人，她打算随身把他带走。这个仆人就是那个曾经把她从妇女教养院里营救出来的人，他对我们始终无限忠心。我要雇一辆马车，赶到圣-安德莱-德-阿尔克路的路口②，在七点钟光景，把马车留在那儿，乘着夜色走到喜剧院门口。曼侬答应我找一些借口暂时离开包厢一下，借这个机会出来和我相会。其余

---

① 指巴黎的东边。
② 喜剧院曾经数次迁，当时的院址在弗赛-圣-日耳曼-德-普莱路，与这条路相交。

的事情做起来就容易了。我们很快便能回到我雇好的马车上，从圣－安乐昂纳镇路①离开巴黎，我们的新居便在这条路上。

这个计划虽然非常荒唐，当时我们却认为安排得还挺妥当呢。但是，说实在的，只要想一想即使这个计划难得非常侥幸地成功了，我们是不是就能逃得脱它所带来的后果，就可以知道它是万分轻率的了。然而，我们抱着最鲁莽的信心，不顾一切去做，曼侬和马塞尔——我们的仆人就叫这个名字，终于动身了。我痛苦地看着她离开。我在拥抱她的时候，对她说道：

"曼侬，您千万不要欺骗我，您会对我忠实吗？"

她温柔地埋怨我的猜疑，又对我千盟万誓。她希望在三点钟到达巴黎。等她走后，我也动身了。那天下午剩下来的时间，我是在圣－米舍尔桥②边的费莱咖啡馆里焦急地度过的。我在那儿一直待到晚上，才出来雇了马车。依照我们的计划，我在圣－安德莱－德－阿尔克路的路口停下，接着，我步行到喜剧院门口。我没有找到马塞尔，真叫我感到惊奇，他是应该在这儿等候我的。我混在一群听差当中，耐心地等了一个钟点，眼睛睁得大大地望着每一个行人。后来，七点钟响了，我却没有看见一个和我们的计划有关的人。我买了一张正厅后座票，去看看曼侬和小G·M是不是在包厢里。他们两个人一个都不在那儿。我回到门口，在那儿又待了一刻钟，心里充满了急躁不安的情绪。因为没有看到一个人来，我就走到停马车的地方，我简直束手无策了。马车夫看见我，朝我走近几步，

---

① 这条路当时在巴黎东郊。
② 圣－米舍尔桥，在塞纳河上，离喜剧院不远。

带着一副神秘的神气对我说，有一个漂亮的小姐在车子里等了我一个钟点了；他又说她曾经问起我的模样，他知道那便是我，她知道我会回来，就说她可以耐心地等候。

我立刻想到这个女人准是曼侬。我走近马车，但是我看见一张漂亮的小脸蛋，并不是她。那是一个我素不相识的女人。她先问我她有没有荣幸跟德·格里欧骑士先生说话。我对她说我就叫德·格里欧。

"我有一封信交给您，"她说，"信里会告诉您为什么我会上这儿来，以及我是由于什么关系会荣幸地知道您的名字的。"

我请求她给我时间到附近一家小酒店里去读信。她要跟我一同去，并且劝我单独定一间房间。

"这封信是什么人写来的？"我一边走上楼去一边问她。

她叫我看信。我认出这是曼侬亲笔写的。她给我的信的内容大体上是这样：

小G·M接待她的时候，那种礼仪和排场完全出乎她的意料。他送给她许许多多礼物，让她看到她将会跟皇后一样享福。但是她对我保证，说她虽然面临那种新的荣华富贵的生活，却没有将我忘记，不过，她没有能够使得小G·M同意晚上带她上喜剧院，因此只好把与我相见的快乐推迟到另一天去了。她又写道，她预料到这个消息会叫我心中难受，为了稍微能减轻一点我的苦恼，她设法找到巴黎的最美丽的姑娘中的一位来陪伴我，就是替她送信来的这个女人。信的末尾的署名是："您的忠实的爱人，曼侬·雷斯戈。"

在这封信里包含着对我是那样残忍那样带侮蔑性的味道，使我有好一阵时候又气愤又痛苦。我决定尽力永远忘掉我的忘恩负义、背盟弃誓的爱人。我对这个在我面前的女人看了一眼，她长得极其美丽，我希望她能美丽得使我也同样

外国文学经典阅读丛书

114

地变心和负情。但是我在她的身上一点也找不到明媚含情的眼睛，仙女般的神态，爱神的鲜润的面色，总之，凡是上天赋予负心的曼侬的无穷的魅力，她都没有。

"不，不，"我不再看她了，同时对她说道，"那个打发您来的没良心的东西知道得非常清楚，她在叫您做一件毫无用处的事情。回到她跟前去吧，而且，替我告诉她一声，享受她的罪恶吧，如果可能的话，让她毫无内疚地享受吧。我决心扔掉她，再不回心转意了，我同时也再不要任何女人，她们虽然没有她那样可爱，可是，肯定是和她同样地水性杨花，同样地心肠恶毒。"

这时，我打算下楼去，离开这儿，我对曼侬不抱丝毫希望了。那种使我心碎的剧烈的嫉妒，被抑郁阴沉的镇静遮掩起来。以前遇到这样的情形，我感到的强烈的激动总使我心神不安，可是此刻我一点儿也没有觉得怎样难受。因此我暗忖自己感情上的病快要痊愈了。天啊，我以为我受到了小G·M和曼侬的欺骗，可是我同样也受到了爱情的欺骗。

那个送信给我的女人，看到我准备下楼，就问我打算带什么回信由她交给小G·M先生和那位和他在一块儿的太太。我听到她这样问我，就又回到房间里。我原来自以为心情已很平静，这时突然陷入难以克制的狂怒之中，这种变化对一个从来没感受过剧烈的激情的人来说，是难以相信的。

"去吧，"我对她说，"告诉那个无耻的小G·M和他那个不要脸的情妇，您带来的这封该死的信叫我伤心透了；但是您对他们说，他们是笑不长久的，我将要亲手杀死他们两个人。"

我扑到一张椅子上。我的帽子落到了一边，手杖倒在另一边。两行苦泪从眼睛里往下流。我刚才爆发的狂怒，现在变成了深沉的痛苦。我只是不住地痛哭，唉声叹气。

"走过来，我的孩子，走过来，"我大声叫唤那个女人，"既然他们打发你来是安慰我的，那就走过来吧。告诉我，对狂怒和绝望，对在杀死两个不配活下去的毫无信义的东西以后再去自杀的愿望，你打算怎样安慰呢。"

我看到她朝着我胆小地疑惑地走过来几步，便又继续说下去："是呀，走过来，来替我揩干眼泪吧，来使我的心恢复平静吧，来对我说你爱我吧，好让我也习惯习惯为另外一个女人所爱，而不是那个不忠实的女人爱我。你很漂亮，我也许会爱上你呢。"

这个十六七岁的可怜的女孩，看上去好像比她那一类的女人来得端庄，她看到这样奇怪的场面，简直吓坏了。但是她还是走到了我的跟前，想和我表示亲热。我立刻用手把她推开，躲开了她。

"你要对我干什么呀？"我向她说，"哼，你是一个女人，你是一个我憎恶的、不能再容忍的女性。你脸上的温柔的表情又在警告我要发生什么背信弃义的事情了。滚开，让我一个人待在这儿。"

她对我行了一个礼，不敢再说什么，转身想走。我叫她站住。

"但是，"我又说道，"你至少要告诉我，你给打发到这儿来，是为了什么事情，又是怎样来的，有什么目的。你是怎样打听到我的名字，打听到你能够找得到我的地点的？"

她对我说，她很久以前就认识小G·M先生了；今天下午五点钟的时候，他派人找了她去，她跟着那个去叫她的仆人走进一座大住宅里，看见小G·M先生在屋子里和一个漂亮的太太玩牌；那个太太告诉她在圣-安德莱路口的一辆马车里可以找到我，接着他们两人就把那封给我的信交给她，就是她刚才给我的那封信。我问她，他们此外就什么话也没有说过吗，她脸红了，回答我说，他们曾经使她相信我会留她下来做伴。

"他们欺骗了你，"我对她说，"可怜的姑娘，他们欺骗了你。你是一个女人，你应当有一个男人，但是你应当有一个有钱的、幸福的男人，这不是在这儿可以找得到的。回去吧，回到小G·M先生那儿去吧。凡是要获得美丽的女人的爱情而应该具有的东西，他全有。他有家具齐全的大住宅和华丽的马车送人。而我呢，我可奉献的只有爱情和痴心。女人都轻视我的贫苦，又戏弄我的单纯。"

我的热情有时降落，有时升起，使我激动不安，随着热情的起伏，我又说了许许多多话，有的是悲伤的，有的是激烈的。但是，由于我心中说不出的苦恼，我的激动的情绪减退了，开始冷静地思索起来。我把这一次的不幸跟以前遇到过的同类的不幸比较一下，我看不出来这一次比前几次更叫人绝望。我是了解曼侬的为人的。为什么我对这样一个我早应该预料到的灾难，苦恼到这般程度呢？为什么我却不去找补救的办法呢？时间还有的是呀。我至少应该不怕麻烦这样做，如果我不愿意因为我的疏忽造成自己的痛苦而责备自己的话。我对所有能够给我打开一条希望的道路的办法，全部考虑了一遍。

想凭着武力把她从小G·M的手里夺过来，这是一个铤而走险的计划，它只会把我自己断送掉，毫无成功的可能。但是，我仿佛觉得，假使我能够跟她稍微谈几句话，我一定会对她内心的感情产生一点作用。我清楚地知道她的所有能被人打动的地方！我坚信我是为她所爱的！就是送一个漂亮的女人来安慰我这样一个古怪的主意，我敢打赌，也准是她想出来的。这是她怜悯我的痛苦的结果。我决心尽一切努力见到她。我想了一个办法，又想另外一个办法，在好多办法当中最后决定用以下这一个。

T先生一开始就非常热情地帮过我忙，使我对他的真诚和热情，丝毫也不怀疑。我打算立刻上他家里去，请他派人去把小G·M叫来，借口说是有一件重要的事情。仅仅只需要半小时的时间，我便能够跟曼侬谈话了。我的计划是使自己被带到她的房间里去。我相信小G·M不在家，这样做是不会有困难的。

我打定这个主意以后，心里更加平静了。那个年轻姑娘还没有走，我付给了她许多钱，同时，为了使她不再想回到打发她来的人那儿去，我记下了她的住址，让她以为我可能去跟她过夜。我乘上马车，飞快地赶往T先生家中。在半路上，我一直担心他不在家，但是我很幸运，他没出门。我只说了一句话，他就知道了我的痛苦，明白我来是请求他的帮助的。

他听说小G·M竟会把曼侬引诱到手，感到非常惊讶，因此就没有怀疑到我对我的不幸也要负一部分责任。他慷慨地对我说，他要召集他所有的朋友，用他们的胳膊和他们的剑救出我的爱人。我告诉他，这样声张开来，对于曼侬和我都可能很不利。

"把我们的血保留到最后才流吧。"我对他说，"我在考虑一个比较温和的办法，我希望这个办法也会得到成功。"

他毫无异议地表示，凡是我要他做的事，他都会去做。我就再三对他说，只要他派人去通知小G·M，说他有话对他说，把他在外面缠牢一两个钟头就行了。他为了使我满意，立刻就跟我一起动身。我们考虑用什么方法能够叫他在外面待这么久。我教他先写一张简短的便条，上面注明是在一家小酒店里写的，请小G·M立即上这家小酒店里来，因为有一件非常紧要的事情，一分一秒也不能耽搁。

"我去看他什么时候出门，"我又说道，"然后我就能毫不困难地走进他的房子，那儿除了曼侬和我的仆人马塞尔以外，别人都不认识我。而您呢，您在那个时候和小G·M在一起，您可以对他说，您指望跟他谈的那件重要事情是您需要钱用，您就说您刚才赌钱输了，而且，运气很坏，赌账欠得更多。他带您去他存放钱的地方，那得花不少时候，这样，我就可以有足够的时间来实现我的计划了。"

T先生照着这样的安排一件一件地做着。他在一家小酒店里匆匆忙忙地写好短信以后，我就把他留在那儿，一个人走到距离曼侬的住宅几步远的地方站着。我看见那个送信的人来了，不久，小G·M走出来，后面跟着一个仆人。等到他离开了那条街道，我就向那个不忠实的女人的住宅的大门走去，虽然我心里非常气愤，但是我还是带着对待教堂一样恭敬的心情敲门。很巧，来开门的是马塞尔，我对他做了一个手势，叫他不要说话。尽管我对其他的仆人一点儿也不用害怕，我还是低声地问他，能不能带我上曼侬的卧房里去，而不被人看见。他对我说，这很容易，只要从大楼梯轻轻上去就行了。

"那我们赶紧上去，"我对他说，"等我进了房间以后，你要想法子不让任何人上来。"

我没有受到一点儿阻拦，一直走进那间屋子。曼侬正在看书。在这种地方，我不得不钦佩这个奇怪的女人的性格。她看见我，丝毫也不害怕，也不显得羞怯，只是略微有点儿惊诧。看到一个原来以为已经远远离开的人，谁都会这样的。

"啊，是您呀，我的爱人，"她对我说，同时走过来像平时一样温柔地拥抱我，"老天，您胆子多么大！谁会料到您今天会到这儿来？"

我挣脱了她的拥抱，不但不理睬她的亲热，而且轻蔑地把她推开，并向后退了两三步来躲开她。这样的动作并不使她感到狼狈。她仍然保持着她原来的神情，后来，她盯牢我看着，脸色变了。我重新看到她，其实是非常高兴的，因此发怒的理由虽然很多，我还是很难开口跟她争吵。然而，我的心一直在受着她对我的残酷的侮辱的折磨。我竭力回忆这种侮辱，好激发我的气愤。我想在自己的眼睛里燃烧起另外一种火焰，而不是爱情的火焰。我沉默了好一阵，她注意到了我激动的样子，我看见她全身颤抖了，很明显，因为她害怕了。我无法再忍受得住这样的场面。

"啊！曼侬，"我用柔和的声调对她说，"忘恩负义的曼侬！我该怎样开始申诉自己的不幸呢？我看到您脸色发白，浑身战栗，对您的一些轻微的痛苦，我依旧很同情，所以我担心您听了我的责备会过分难受。但是曼侬啊，我对您说吧，我的心因为您的变心痛苦得完全破碎了。如果一个人不愿意她的爱人死去，她是不会对她的爱人这样打击的。曼侬，这是第三次了。我算得清清楚楚，要忘记是不可能的。现在应该是由您来考虑您想采取什么主张了。因为我的忧郁的心不再能接受这样残酷的考验。我觉得我的心支持不住了，它痛苦得快裂开了。我感到精疲力竭，"我倒在一张椅子上，接着说，"我简直没有力气说话，没有力气支持住自己了。"

她一句话也没有回答我。等我坐下以后，她跪了下来，把她的头伏在我的膝盖上，同时用我的双手掩住她的脸。我立刻就感觉到两只手都给她的眼泪流湿了。天呀！是一些什么样的感情在冲击着我啊！

"啊，曼侬，曼侬！"我叹了一口气说，"您给了我致命的打击以后，现在再对我痛哭流涕，这太迟了。您故意装出一种悲哀的神情，您的内心却一点儿也没有这种感觉。您觉得最苦的事，准是我的到来。我这个人一直都在妨碍您享受快乐。睁开您的眼睛吧，看一看我是什么人；对一个受到欺骗、被人狠心抛弃的苦命的人，是用不着流这么温柔的眼泪的。"

她依旧跪在我的跟前，吻着我的双手。

"朝三暮四的曼侬啊，"我又说下去，"您这个毫无心肝、毫无信用的女人，您的许诺，您的誓言，都到哪儿去啦？您真是一个水性杨花、心肠狠毒的女人。您今天还对我发誓说您爱我，这样的爱情您把它作践成什么样子了？公正的老天！"我继续说，"一个不忠实的女人，在那样神圣地向您发誓以后，难道就是这样地来嘲弄您吗？违背誓言的人居然得到了报偿！忠贞不渝的人得到的却是失望和抛弃。"

我的话当中，包含着如此悲苦的想法，使我自己也情不自禁地淌下了眼泪。曼侬听到我说话声音变了，知道我在哭，于是打破了沉寂的气氛。

"既然我使您感到这样痛苦，这样激动，"她悲哀地对我说，"那我的确应该是一个有罪的人；但是，如果我原来知道自己会成为一个罪人，或者有变成一个罪人的打算，那么上天尽可以惩罚我！"

这番话我觉得是那样毫无意思，那样不诚恳，因此我无法抑制心中的怒火。

"可怕的假仁假义呀！"我大声说道，"我比过去看得更加清楚了，您不过是一个狡猾的、没有信义的女人。现在我可认识您的下贱的性格了。永别啦，卑鄙的东西，"我站了起来，继续说道，"我宁愿死一千次，也不愿意今后再跟您有丝毫的

121

来往。如果我对您看一眼以表示敬意的话，那就让上天来惩罚我好了！您和您的新情人待在一道吧，您爱他吧，您厌恶我吧，您放弃荣誉，放弃良知也行。对我说来，这毫无关系，我一点儿也无所谓。"

她看到我这样怒不可遏，是那样害怕，以致跪在我刚离开的椅子前面，全身颤栗地对我望着，连气也不敢喘一喘。我朝着房门走了几步，同时转过头来盯住她看。但是，看到她那样妩媚，真得一点儿人的感情都没有才能毫不动情啊。

我哪儿有这种残酷的能力，因此一下子竟跑到完全相反的极端，对她转过身来，或者不如说，我是连想也没有想一下就朝着她奔去。我把她抱在怀里，给了她无数充满柔情的亲吻。我请求她原谅我过火的行为。我承认说我是一个粗暴的人，我不够资格享受被她这样一个女人钟爱的幸福。

我教她坐在椅子上，现在由我跪在她的跟前了。我请求她就这样地听我说话。一个柔顺而热情的爱人能够想出来的一切最恭敬最温柔的话，我只用短短几句就概括无遗地包括在我的道歉里了。我请她宽宏地说一声她原谅我。她让她的胳膊抱住我的脖子，说道，是她才需要我仁慈地忘记她给我造成的苦恼；她又说，她开始有理由害怕她对我讲的一番自我辩白的话，我听了一点也不会感到有兴趣。

"我吗？"我立即打断了她的话，"我绝对不再要求您做什么辩白了；您做的任何事情，我都赞同。您的行为的动机，绝对不是该由我来询问的，如果我的亲爱的曼侬在她的心里一点也没有消除对我的温情，那我就是太高兴，太幸福了！但是，"我想到我的命运的处境，继续说下去，"全能的曼侬啊！您随意地叫我快乐就快乐，叫我痛苦就痛苦，我的屈从和我的悔改的表示使您满意以后，您容许不容许我向您谈谈我的忧郁和痛苦？我能从您的嘴里知道我今天应该得到什么结果吗？今天晚上，您是不是肯定要与我的情敌过夜，判决我的死刑呢？"

她对如何答复我思索了好一会。

"我的骑士呀，"她恢复了镇静的神情，对我说，"假使您一开始的时候，便解释得这样清楚，那您就根本免除这场烦恼，我也能避开这个令人伤心的场面。您的痛苦，既然只是出于您的嫉妒心，那我早就能用答应您立刻随您去天涯海角，把您的痛苦治好了。但是，我原本还以为是我那封当着小G·M先生面写给您的信和我们派去见您的那个姑娘，才弄得您这样苦恼的。我先认为您可能把我的信看成是一种嘲笑，那个姑娘呢，您猜想她是我派来找您的，您就把她看成是我舍弃您而依恋小G·M的一种声明。正是这样的想法，使我突然变得狼狈不堪。因为，虽然我清白无罪，但是我想到这个问题，就发觉表面现象对我是很不利的。不过，"她继续说道，"我把事情的真相向您解释清楚以后，希望您做我的评判人。"

这时候，她把从她在我们现在待的地方找到等候着她的小G·M开始以后发生的事情，全告诉了我。他接待她真好像接待世上最尊贵的公主一样。他领她看了每一间房间，它们都布置得出奇的精致整洁。他在他的房间里点了一万立弗给她，此外，送给了她一些首饰，其中有珍珠项链和珍珠手镯，这些东西她曾经从他父亲那儿得到过。他又把她从他的房间带到一间她从未见过的客厅里，在那里她看见一桌精美的茶点，他叫那些新雇来给她差遣的仆人侍候她吃东西，他吩咐他们今后要把她当作他们的女主人。后来，他又带她去看马车和马匹，以及他送给她的其他的礼物。然后，他请她一同玩牌，等吃晚饭。

　　"我向您承认，"她继续说，"我是被这种豪奢的排场迷住了。我想到，如果我只带走一万法郎和一些首饰，而一下子放弃这么多的财富，这对我们来说，真是可惜的事情。这是一笔属于你我两人的现成的财产呀，依靠小G·M，我们以后能够舒舒服服地过日子了。我没有向他提出到喜剧院去。我假定我的计划能够实现，所以在脑海里盘算如何试探他对您的问题的安排，好预先知道我们会有怎样方便的机会见面。我发觉他这个人的性格非常温和。他问我对您有什么想法，离开您是不是有点懊恼。我就对他说，您是这样可爱，对我又是这样忠实，我要是恨您，那是违反人情的。他承认您是一个值得尊敬的人，他渴望得到您的友谊。

　　"他想要知道，照我的想法，您对我的离开将会采取什么态度，特别是您可能知道我是在他手中以后。我回答他说，我们相爱的时间已经很久，所以有一点儿冷淡下去了。况且您目前很不顺利，也许您不会把失掉我看成是什么了不起的不幸，因为它反而使您摆脱了一个紧紧压着您的胳膊的重担。我又对他说，我完全相信您会和平处理这件事，所以我毫不困难地对您说，我有一些事情要上巴黎来，您同意了，而且您自己也要来巴黎，因此在我离开您的时候，您并没有显出极其不安的样子。

　　"他对我说道：'如果我认为他高兴跟我友好相处的话，我将首先为他效劳，有礼貌地对待他。'我对他保证说，根据我所了解的您的性格，我毫不怀疑您一定会客客气气地报答他的好意，我又对他说，特别是如果他能在经济上帮您忙的话，因为自从您跟您的家庭闹翻以来，您的经济情况就非常窘困。他打断我的话，对我肯定地说，他将尽他的力量来帮助您，而且，如果您甚至想换一个爱人，他也会给您找一个漂亮的情妇，那个女人就是他爱上我以后抛弃的。"

"我为了更加小心地预防他的一切猜疑，"她又接着说，"就表示赞同他的意见，当我愈来愈觉得我的计划有把握的时候，我便只期望能够找到一个方法把这些情况通知您。我生怕您看到我失约会感到过分惊慌。因为这个缘故，我便向他提出就在今天晚上把这个新的情妇送给您，好让我有一个机会给您捎封信。我不得不求助于这个计策，是因为我无法希望他能给我片刻时间的自由。

"他觉得我的建议很有趣。他唤来他的仆人，问他能不能够立刻把过去的情妇找来，他派他的仆人到处去寻找。他先以为她应该去沙伊若找您，但是我对他说，我在离开您的时候，跟您约好在喜剧院碰头；如果有什么事情缠住了我上喜剧院，您就在圣－安德莱路路口的一辆马车里等我，因此最好把您的新情妇送到那儿去，至少也可以免得在马车里苦等一夜。我还对他说，应该写一封信给您，好让您知道这件交换的事情，否则的话，您就很难理解究竟是怎么一回事了。他同意写信，但是我不得不当着他面写，因此我特别留心，在信上不把这件事情讲得过分地明显。"

"好啦，"曼侬又补充说下去，"事情的经过就是这样。我一点也没有向您隐瞒我的行动和我的打算。那个年轻的姑娘来了，我觉得她长得是很漂亮，我断定我不在您身边，一定会使您苦恼，我是真诚地希望她能够暂时解除您的烦闷，因为我所指望您的忠实是您内心的忠实。我如果能派马塞尔来看您，那我就会高兴极了，可是我找不到片刻的机会把我要让您知道的事情告诉他。"

她终于结束了她的叙述，这时她又对我说到小G·M接到T先生的便条的时候那副窘迫的样子。

　　"他犹豫不决，"她对我说，"不知道应不应该离开我，接着他对我肯定地说，他很快就会回来。正因为这个缘故，所以我在这儿看见您，感到很不安，您来的时候，我惊慌极了。"

　　我非常耐心地听她讲这些话。我在她的话当中自然听到了许许多多令我难受和感到侮辱的地方，因为她想不忠实的企图是很清楚的，甚至她并不打算对我掩饰。她不能希望小G·M会一整夜让她做贞节的少女，因此，她是预备陪他过夜的。在一个爱她的人看来，这是怎样的招供啊！然而，因为小G·M对她的感情是我首先告诉她知道的，同时我也乐于盲目地参与她的轻率的冒险计划，所以我认为她的过错当中有一部分要由我来负责。此外，由于我天生的一种特殊的性情，对她的纯朴的叙述，以及她说到我最感到受辱的地方时的那种坦白动人的态度，我都深深感到，"她犯罪，却没有恶意，"我对自己说，"她虽然轻佻，不善检点，却坦率真诚。"加上还有爱情，单单它就能蒙住我的眼睛，叫我看不见她所有的过错。我非常高兴当天晚上就有希望把她从我情敌手里抢走。不过，我却问她道：

　　"今天晚上，您陪谁过夜呢？"

　　我很忧郁地向她提出的这个问题，使她感到为难。她只能用断断续续的"可是"和"如果"这样的字眼来回答我。我怜悯她的痛苦，打断了她的话，对她很自然地宣称，我希望她的就是请她立刻和我离开这儿。

　　"我非常愿意跟您走，"她对我说，"可是难道您不赞同我的计划吗？"

　　"哈！这还不够吗？"我又说道，"对您到目前为止做的事情我都赞同的呀！"

　　"怎么，我们连那一万法郎也不拿走吗？"她说，"他已经给了我啦，它是属于我的。"

我劝她把什么都抛弃掉，只考虑我们快点离开这儿的事情，因为，我和她在一块儿虽然只有半个钟点，我却担心小G·M会回来。不过，她那样迫切地恳求我答应不空着手出门，因此，我认为她既然对我这样让步，我也应该答应她一件事情。

我们正预备动身的时候，我听见有人敲临街的大门的声音，我想那肯定是小G·M来了，这个想法使我感到很慌乱。我对曼侬说，如果他出现的话，那他准要送掉性命。

的确，我当时仍然万分激动，要是看见他，我是无法克制住自己的。马塞尔结束了我的忧虑，因为他给我送来了一封短信，那是他在门口代我收下的。这是T先生写来的信。

他告诉我，小G·M已经替他回家找钱去了；他利用小G·M不在跟前的机会，告诉我一个非常有趣的主意。他认为我有一个最最称心如意的报复我的情敌的法子：吃掉他的晚餐，当天晚上，睡在他原来想和我的情人同睡的那张床上。他又写道，假使我能够找到三四个人，他们敢在街上捉住他，并且牢牢地把他一直看管到明天早上，那么这件事他觉得并不难做到。他还告诉我，在他那方面，他保证至少还能够开他一个钟头的玩笑，至于用什么理由他在他回来以前会准备好的。

我把这封信给曼侬看，我告诉她我使用了什么妙计才自由自在地走进她的住宅。她觉得我和T先生两人想出来的主意都妙极了，我们因此尽情地笑了一阵。但是，我对她谈到T先生的这个主意，说他是开玩笑的时候，她却一本正经地硬要我照着做，似乎这件事情的含意使她万分高兴，这真教我感到惊奇。我问她，她想我可以在什么地方一下子找到一些合适的人捉住小G·M，并且牢牢地看管住他，她却说不上来了。她对我说，既然T先生向我们保证还有一个钟头的时间，那至少也应该试一试。对我的其他一些反对的意见，她回答我说，我是一个专制暴君，我对她不体贴。她以为这个计划是再有趣也没有了。

"您用他的餐具吃饭，"她对我又说道，"您睡在他的床上，到了明天一清早，您把他的情妇和他的金钱一起带走。您可以痛痛快快地报了父子两人的仇啦。"

虽然在我的心里偷偷地有点儿不安，好像在向我预报将要发生一件不幸的祸事，但是我仍然对她的请求屈服了。

我走出了门，打算邀请两三个近卫军来负责捉住小G·M。这几个人是当初雷斯戈介绍我认识的。我只找到一个人在家里，但是这是一个胆大包天的家伙，他连究竟是怎样一回事也没有弄清楚，就满口答应我说一准能够成功。他只要我付十个皮士多勒，用来酬劳他决定请来帮忙的另外三个近卫军，他将带领他们干这件事。我请求他别再耽搁时间，不到一刻钟，他就把他们召集来了。我在他的房间里等候着，他带着他的同伴回来以后，我便亲自领着他走到小G·M回到曼侬住宅必经的街角上。我吩咐他不要虐待小G·M，不过得非常严密地看守住他，一直到明天早上七点钟，要让我可以放心他无法逃得掉。他对我说，他的计划是把小G·M带到他的卧室里，强迫他脱去衣服，甚至强迫他睡在他的床上，而他和他的三个伙计，就喝酒赌钱，来度过这一夜。

我和他们待在一起，一直到我看见小G·M出现的时候才躲开，我向后面退了几步，藏在一个黑暗的地方，想亲眼看看这个难得一见的场面。这个近卫军拿着手枪走到小G·M跟前，对他有礼貌地说，他不要他的命，也不要他的钱；但是，如果他不爽爽快快地跟他走，或者他发出半点儿叫声的话，他就要用枪打碎他的脑袋。小G·M看到还有三个兵士，加上他当然也害怕枪弹，因此一点儿也没有抵抗。我看着他好像一头绵羊一样给带走了。

我立刻回到曼侬那儿，为了使那些仆人不致疑心，我就在走进屋子的时候，对她说，不用等小G·M先生回来吃晚饭，我说他临时遇到一些事情，身不由己地给缠住了，他请我来对她表示歉意，并且陪她一同吃晚饭；我又说能和一位如此美丽的太太同餐，我认为是我的无上的荣幸。

她极其机灵地帮助我完成我的计划。我们一同坐下来吃饭，当那些仆人待在旁边伺候我们的时候，我们都装出严肃的样子。后来，我们叫他们退出去，两个人度过一生中最愉快的一个夜晚。我暗地里吩咐马塞尔去雇一辆马车，定好明天清早六点钟以前在门口等候我们。快到午夜的时候，我装作和曼侬告别，但是，靠了马塞尔的帮助，我又偷偷地回来。我准备占用小G·M的床睡觉，就好像我刚才占用他的餐桌上的座位一样。

就在这个当儿，左右我们命运的恶魔正在进行断送我们的勾当。我们得意忘形，利剑却已经悬挂在我们的头顶上，挂剑的线就要断了。不过，为了使别人能够更好地明了我们身败名裂的全部经过，我应该把原因讲清楚。

小G·M被那个近卫军捉住的时候，在他的后面还跟着一个仆人。那个仆人看到他的主人遇到这样的事情，简直吓坏了，转身就逃。他为了救他的主人所做的第一件事情便是去通报老G·M，把刚才发生的事情告诉他。

一件这样令人不快的消息，不能不使他有说不出的惊慌，他只有这样一个儿子，从他那样的年纪来看，他的愤怒可以说到了最激烈的程度。他首先想从那个仆人那里了解他的儿子在当天下午所做的一切事情，如他有没有跟别人争吵过，有没有参加到别人的纠纷中去，有没有到过什么可疑的房子里。那个仆人以为他的主人遇到了最可怕的危险，要设法救他，不应该再隐瞒什么，因此把小G·M对曼侬的爱恋，他为她花了多少钱，他下午怎样待在家里一直待到九点钟左右，后来出了门，回来的路上怎样遇到了不幸的事，等等，凡是他知道的，全部原原本本地讲了出来。

这些情形足够使老家伙猜疑到他的儿子的事情是一件爱情的纠纷。虽然当时至少已经是夜里十点半钟了，他仍然决定立刻去找警察总监。他请求警察总监下特别命令给所有的巡逻班，他自己则要求一个巡逻班陪着他，亲自跑到他儿子被捉去的那条街上。他走遍了全城他指望能找到他儿子的每个地方，因为找不到他儿子的踪迹，最后，他叫人带他到儿子的情妇的住宅里，他以为他可能回来了。

当他来到的时候，我正要上床睡觉，卧室的门是关着的，我一点儿也听不到敲打临街大门的声音。但是，他领着两个警士闯进来了，他打听他儿子的下落毫无结果，因此就想来看一看他儿子的情妇，好从她那儿得到一点儿消息。他走上楼来，那两个警士依然跟在他后面。我们正预备上床。他打开了门，一看见他，我们全身的血都凝住了。

"天主啊！这是老G·M。"我对曼侬说。

我跳起来想取我的剑，不幸它牢牢地系在剑带上，拿不下来。那两个警士看见我要取剑，就立刻奔过来把我的剑夺去。一个只穿着衬衣的人是无法抵抗的。他们剥夺了我所有的自卫的方法。

老G·M虽然面对这样的场面，一时也感到心慌，但是他立即就认出了我，他更加容易地想起了曼侬。

"难道是一个幻影吗?"他严肃地对我们说道,"我看到的不是格里欧骑士和曼侬·雷斯戈吗?"

我又羞愧又痛苦,像发狂一样,以致一句话也不回答他。他似乎有好一阵在头脑里转动着各种思想,接着,仿佛那些思想突然点燃了他的愤怒,他大声对我嚷着:

"啊!下流东西,我肯定你把我的儿子杀死了!"

这句侮辱我的话剧烈地刺痛了我。

"老恶棍,"我傲慢地回答他说,"如果我想杀死你家里的什么人,第一个要杀的就是你。"

"好好地捉牢他,"他对两个警士说,"非得要他把我儿子的消息告诉我不可。假使他不马上告诉我他是怎样对待我的儿子的,我明天就叫人吊死他。"

"你要吊死我吗?"我说,"无耻的东西!应该上绞刑架的是你们这种人。要知道,我的出身比你高贵纯洁得多。是的,"我又说,"你儿子出了什么事情,我晓得,因此,要是您再惹我发火的话,不用等到明天,我就会叫人把他绞死,绞死了他,我肯定你也会得到同样的下场。"

我一时疏忽,竟对他承认我知道他的儿子在什么地方;不过,因为我过分愤怒,才使我这样大意。他立刻把那五六个在门口等他的警士叫进来,命令他们把住宅里的仆人全都看守住。

"哈!骑士先生,"他带着一种嘲笑的口吻又说道,"您知道我的儿子在哪里,你要叫人绞死他,是不是?您不用急,我们会把这件事安排妥当的。"

我马上就觉得我是做了一件错事。曼侬坐在床上直哭,他走到她的跟前,对她说了一些含有讽刺意味的恭维话,说她对父子两人如何具有威力,又说她玩弄了怎样的好手段。

这个好色的老妖怪竟想对曼侬做出一些无礼的行动。

"你要是碰一碰她，就对你不客气！"我大声叫道，"随便什么神圣的东西也不能把你从我手中救出来。"

他走出了房间，留下三个警士，命令他们催我们赶快穿好衣服。

我不知道这时候他究竟想怎样对待我们。也许把他儿子所在的地方告诉他，他就会放我们了吧。我一面穿衣服，一面在考虑这是不是最好的主意。但是，如果他在离开我们房间的时候，是有这个意思的话，那么，在他回来的时候，这个想法就全部改变了。他已经盘问过那些给警士看守住的曼侬的仆人。这些仆人本来是他儿子送给曼侬的，他从他们口里无法打听出来什么。可是，当他知道马塞尔以前服侍过我们以后，就决定用威胁的手段来吓他，使他说出实情来。

马塞尔是一个忠实的人，不过头脑简单，不明事理，他回想起当初为了救出曼侬在妇女教养院里干的事情，加上老G·M使他产生的恐惧，他脆弱的感情受到很大的影响，他竟以为人家要把他送到绞刑架上或者刑轮①上去。他答应只要保住他的性命，他就把他所知道的情形全说出来。老G·M听见他这样说，相信在我们干的事情当中，还有更严重更罪大恶极、他至今还没有想到的地方。他对马塞尔说，不但能担保他不会死，而且，由于他的坦白还要给他报酬。

这个该死的家伙把我们的一部分计划告诉了他，因为当初也要他出些力，所以我们在谈论那一部分计划的时候，是当着他面讲的，并没有避开他。我们在巴黎已经改变了原来的步骤，他的确一点儿也不知道，可是他对在沙伊若动身的

---

① 一种古代刑具，是一个大车轮，把打断四肢的罪犯仰天绑在上面任其死去。

时候，打算进行的计划和他应该扮演的角色，可了解得一清二楚。他向老G·M说我们的目的是要欺骗他的儿子，而且，曼侬应该收到一万法郎，也许她已经收到这笔钱，照我们的计划，这一万法郎永远也不会再回到G·M家里的继承人的手里。

老家伙听到这些话以后，怒不可遏，立刻走上楼来，跑进我们的卧室。他一句话不说，走进内室，在那儿毫不费力地就找到了钱和首饰。他出来走到我们身边，满脸激动的神情，把那些东西拿给我们看，并且高兴地把它们叫作"我们的赃物"，同时尽情地用侮辱人的话来斥骂我们。他把那个珍珠项链和几只手镯放到曼侬眼前。

"您认识这些东西吗？"他带着讥讽的微笑对她说道，"您不是第一次看见它们啊。我敢说，跟前次那些东西是一样的。我的美人儿，它们很合您的口味，我很容易这样断定。"他又说，"可怜的孩子们！你们两个人的确都长得非常可爱，不过你们稍微有点儿像骗子罢了。"

听了这种血口喷人的话，我的心气得要炸开了。我要能得到片刻的自由，情愿牺牲……公正的上天！我有什么不能牺牲呀！最后，我克制住了自己的激动，来对他说话。我的态度变得温和了，其实那只是愤怒到达顶点造成的结果。

"先生，让我们停止这些侮辱性的讥讽吧。到底是什么事情？而且，您打算对我们怎么样呢？"

"事情嘛，骑士先生，"他回答我道，"就是马上到萨特莱①去。明天早晨天总会亮的，我们就可以把我们的事情看得更加清楚，说到头来，我希望您能做做好事，把我儿子在什么地方

① 萨特莱，巴黎当时有两个叫萨特莱的城堡，一个叫大萨特莱，一个叫小萨特莱。两个萨特莱都是监狱。此处指的是小萨特莱。

告诉我。"

　　我用不到多想，就明白一旦被关进萨特莱，对我们来说，是一件后果严重的事情，我预料到所有的危险，不禁全身哆嗦。尽管我天性骄傲，我也认识到应该在命运的重压下面屈服，应该去讨好我的最冷酷无情的敌人，用顺从的态度从他那儿求得一点儿怜悯。我用有礼貌的口气请求他听我讲片刻时间的话。

　　"先生，我承认自己的不是，"我对他说，"我承认由于年纪轻，犯了很大的错误，而且您因此受到了伤害，所以才满怀怨恨。但是，如果您认识爱情的力量，如果您能体会一个不幸的年轻人被人夺去了他所喜爱的一切以后所感到的痛苦，那么，您也许会觉得稍微报复报复，求一时的快乐，是可以原谅的吧，或者，至少您会感到我刚才受到的凌辱已经足够惩罚我了。用不到牢狱或者用刑罚来逼我告诉先生您的儿子在什么地方。他平安无事。我的计划并不是伤害他，也不是要触犯您。如果您肯宽宏大量给我们自由，我就准备把他安安静静过夜的地方告诉您知道。"

　　这只年老的老虎对我的请求丝毫也不动心，并且笑着转过身去。他只吐露出了一两句话，让我知道他已经从头到尾知道了我们的计划。至于他的儿子呢，他粗鲁地说道，既然我没有把他杀死，那他就会很容易找到的。

　　"把他们带到小萨特莱去，"他对警士们说，"当心骑士从你们手上逃走。这是一个狡猾的家伙，他前次从圣拉萨尔逃出来过。"

　　他走出去了，把我留下来，我当时的境况您是可以想象得到的。

　　"啊，老天！"我叫道，"出自你手的任何打击，我都能恭顺地承受；但是一个下流的恶棍竟有权力用这种暴虐的手段来对付我，这真使我陷入绝境了。"

警士们要求我们别让他们再等下去，他们在大门口有一辆马车停着。我把手伸给曼侬，搀她下楼。

"来吧，我亲爱的皇后，"我对她说，"来向我们残酷的命运屈服吧。也许上天开恩，有朝一日会使我们比过去还要幸福呢。"

我们同乘一辆马车动身，她躺在我的怀抱里。自从老G·M来到以后，直到现在，我还没有听见她说过一句话，但是，她独自一个人跟我一起以后，就对我讲了成百成千句温柔的话，她责备她自己，说我的不幸是她造成的。我叫她安下心来，我说我绝对不埋怨我的命运，只要她永远爱我。

"要埋怨的不会是我，"我继续说，"坐几个月的牢一点也不会吓倒我，我总以为萨特莱要比圣拉萨尔来得好。但是，我亲爱的爱人啊，我心里关怀的却是你。对一个这样可爱的人来说，这是什么样的遭遇呀! 为什么您这样严厉地对待您亲手制作的最完美的杰作呢? 为什么我们两人出世的时候，没有带来与我们的不幸相称的才能呢? 我们天生是聪敏的、高尚的、情感丰富的。天啊! 我们将天赋给我们的品质使用得多么悲惨，而许多卑鄙的、应该遭到我们这种命运的家伙，却享用着命运之神带给他们的一切恩惠! "

想到这里，我心中真是悲痛万分；可是再想到未来，两下对比，原来所想的就算不上什么了，因为我真替曼侬担心。她曾经在妇女教养院里待过，即使她前次是正大光明地出来的，但是我知道再犯这一类错误，结果会无比的危险。我很想向她表明我内心的恐惧，可我又怕会使她更加感到恐惧。我为她胆战心惊，不敢把危险告诉她，我一面拥抱着她，一面叹气，想至少用我的爱情安安她的心，爱情几乎是我敢于向她表达的唯一的感情了。

"曼侬，"我对她说，"请您说真话，您永远都爱我吗？"

她回答我说，我居然会怀疑她对我的爱情，她觉得真是太不幸了。

"那好，"我又说，"我再不怀疑了，我要拿您的这个保证向我们所有的敌人挑战。我会利用我家庭的关系，走出萨特莱，如果我得到自由以后，不立刻把您也救出来，那我全身的血就毫无用处了。"

我们到了那座监狱。他们把我们两个人关到两个隔开的地方。这个打击我并不感到怎样厉害，因为我早已预料到会有这一着的。我把曼侬托给那个门房照顾，我对他说，我是一个有身份的人，并且答应给他一笔很大的酬金。在我离开我亲爱的情人的时候，我抱住她，请求她不要过分苦恼，只要我活在世间，她就什么也不必害怕。我身边还带了些钱，我给了她一部分，接着把剩下来的给了那个门房，作为预付她和我两个人一个月的数目过多的伙食费。

我的钱产生了非常好的效果。他们让我住在一间家具齐备的房间里，并且对我肯定地说，曼侬住的那一间也同我这间一样。

我立即就思考能尽快地恢复自由的方法。在我的行为当中，很明显，没有一点儿地方表明我犯了罪，甚至就算是我们的偷盗计划被马塞尔的供词证明是事实，我也知道得很清楚，单单起意，是不会受到惩罚的。我决定赶快写信给我父亲，请求他亲自到巴黎来。正像我在上面讲过的，我在萨特莱没有像在圣拉萨尔那样感到可耻。此外，虽然我对父亲的权威十分尊敬，但是年纪和经历使我远不像过去那样胆小怕事了。于是我写了信，而且，在萨特莱把我的信送出去并不困难，不过，如果我早知道我的父亲第二天就来巴黎，那我就会省去这趟麻烦了。

原来他已经收到了我在一个星期以前写给他的信，他看到这封信感到说不出的欢喜。但是，虽然我的改邪归正给他带来了希望，他却不能完全相信我的诺言。他打定主意要亲眼看到我的转变的情形，依照我悔改的诚意，再来决定他的行动。他在我进监狱的第二天就赶到了。

他首先去看梯伯史，我当初是请求他把回信寄给梯伯史转交的。他从他那儿无法知道我的住处，也无法知道我目前的境况。他只能够从他口中了解到我从圣－舒尔比斯逃出来以后一些主要的遭遇。梯伯史把我上次和他谈话中表示的想要改过向善的意愿，对我的父亲竭力描述了一遍。他又说，他相信我已经完全摆脱了曼侬。但是，他又感到奇怪，已经有一个星期，我没有把我的情况告诉他了。我的父亲不是一个容易受骗的人，他明白，在梯伯史抱怨我的音讯全无这件事情当中，有些情形是梯伯史不知道的。他想尽方法要找到我，结果，在他到达巴黎以后的第二天，他打听到了我在萨特莱。

我绝对想不到他会那样快地来看我。在他来看我以前，警察总监访问了我，或者，就名论事，是我受了审问。他责备了我几句，但是那些话并不凶，也不令人难堪。他带着温和的态度对我说，他对我的不端正的行为深为惋惜。他说，我跟老 G · M 先生这样一个人为敌，真太不聪明。他又说，在我的案件里，实际上很容易看出来，鲁莽和轻率超过了存心作恶；不过，这总是第二次我成为他手下的犯人，他本来希望我在圣拉萨尔受到两三个月的教训以后会变得懂事一些的。

我能和一个讲理的法官打交道，这教人很高兴。我向他进行申辩的时候，态度显得非常恭顺非常温和，使他对我的回答说不出的满意。他对我说，我不必太担忧，由于我出身高贵，又年幼无知，他很愿意帮助我。我大胆地对他提到曼侬，求他另眼相看，我对他夸奖曼侬性情温柔，品质优良。他笑着回答我说，他还一次也没有看见过她，不过别人对他说过，她是一个危险人物。这句话是那样激起我的温情，使我对他说了千百句充满热情的话，来为我的可怜的爱人辩护，我甚至禁不住流下了眼泪。他命令别人把我带回我的房间里。

"爱情，爱情！"这个威严的法官看着我走出去的时候，大声说道，"难道你就永远不能和明智调和一致吗？"

我正在忧郁地苦思，想着我刚才与警察总监的那番谈话。这时候，我听到我房间的门被打开了：我的父亲走了进来。我本来就期望几天之后会见到他，所以现在见到他来，思想上已经有了一半的准备，虽然如此，我却仍然感到猛烈的震动，如果我脚下的土地会裂开的话，我就会钻到里面去。我带着无限羞愧的神情去拥抱他。他们两人都没有开口，他便先坐下来。我一直站着，低着头，没有戴帽子。

"坐下来，先生，"他严肃地对我说，"坐下来，幸亏您的放荡和行骗的丑事到处闻名，我才发现了您所待的地方。这倒是您这样的名声得到的好处，无法躲藏起来了。从这条稳妥的道路，您将会扬名四海。我希望这条路的终点不久便是河滩广场①，在那儿，您会受到每个人的赞赏，那才叫真正光荣呢。"

我一句话也没有回答。他继续说下去：

"一个做父亲的对他的儿子是那样疼爱，用尽心血想把他

---

① 河滩广场，是巴黎当时在塞纳河边的一个广场，是处决罪犯的地方，此处是嘲笑格里欧的话。

培养成一个高尚的人，到头来却发现他只是一个给父亲丢丑的骗子，做父亲的是多么不幸啊！人们不再为命运中的不幸而痛苦，因为时间一久，不幸就会消失，悲哀也会减轻。但是，对于每天都在加重的罪恶，比如把一切荣誉感都丢掉的浪荡子的胡作非为，有什么良药可救呢？"他又说，"可耻的孩子啊，你一句话也不说，瞧你这种装出来的恭顺的样子，这种虚伪的温和的态度，谁不会把你看作是我们家族当中最正派的子弟呢？"

虽然我不得不承认辱骂我的这些话有一部分是我应该承受的，然而，我总觉得他讲得未免过分。我想，应该让我老老实实说说我的想法了。

"先生，我可以向您保证，"我对他说，"您眼前看到的这种恭顺的样子，一点也不是装出来的，这是出身良好的儿子对他父亲无限尊敬的自然的表现，特别是对一个被激怒的父亲。我并不想把我当作是我们家族当中最循规蹈矩的人。我知道我应该被您责骂；不过我恳求您对我仁慈一点，别把我看成是一切人当中最无耻的人。我不能承当这样严厉的称呼。您知道，是爱神造成了我全部的错误。致命的热情啊！天啊！难道您就不了解它的力量吗？您的血液是我的血液的来源，难道它就从来没有感受过同样的热力吗？爱神使我变得过分温柔，过分热情，过分忠诚，也许，对一个那样娇媚动人的情人的欲望也过分迁就，这些便是我的罪恶了。您看得出有什么地方玷辱了您？"我又温柔地说，"好啦，亲爱的父亲，请您稍微怜悯一下一个永远对您满怀敬意和感情的儿子吧，他并不像您想象的那样不顾荣誉、背弃道义，他比您能够想得到的还要可怜千倍呢。"

我说完这段话，禁不住流下泪来。

做父亲的心是"自然"的杰作，可以说，"自然"亲切地控制着这颗心，并且亲自安排这种心的一切活动。我的父亲具有这样的一颗心，此外，他又是一个明智的、高雅的人，他听了我的辩解以后，也很感动，竟无法向我掩饰这种变化。

"过来，我的可怜的骑士，"他对我说，"过来拥抱我，你使我对你产生了同情。"

我拥抱他，他把我紧紧抱住，从他这个表现我猜得出他心里想些什么。

"但是我们应该采取什么办法把你从这个地方救出去呢？"他又说，"把你的事情毫不隐瞒地都告诉我吧。"

不管怎样，在我的主要行为当中，并没有一点儿地方会损害自己的名誉，至少把它跟某种社会上的年轻人相比，事实就是如此。并且，在我们这个世纪，有一个情妇，从不给人当作是一件不体面的事，正像在赌博的时候，运用一点儿小手法骗取钱财，也不能算作丢人的行为，所以，我就把我过去的生活的详情细节全老实地告诉了父亲。我每承认一件错事，都注意举出一些有名人物的事例，来减少我的羞愧。

"我和一个情妇住在一起，"我对他说，"我们两人没有经过结婚的仪式。××公爵先生在全巴黎人的眼睛前面，养着两个情妇；××先生有一个情妇，已经十年了，他忠实地爱着她，而对他自己的妻子就从来没有这样忠实。法国有三分之二的上等人都是以有情妇为荣的。我在赌钱的时候耍了一些花招，××侯爵先生和××伯爵先生都是一帮干这一行的人的头子。"

至于说到我计划骗取G·M父子两人的钱的事情，我本来也可以很容易地证明我并不是没有先例可援。但是，我还是保持太多的荣誉感，宁愿谴责自己，也不找可以引证的榜样。因此，我请求父亲原谅那两种使我烦乱的剧烈的激情给我带来的弱点，那两种激情便是：复仇和爱情。

他问我能不能够告诉他一些可以得到自由的最简捷的方法，并且采取什么方式不会让他受到注意。我把警察总监对我表示的好感告诉了他。

"如果您遇到什么困难，"我对他说，"那些困难只能来自G·M父子，因此，我以为最好是请您费神去看他们。"

他答应照我说的去做。

我不敢请求他替曼侬说情，这绝对不是因为我没有勇气，而是害怕这个提议会激起他的反感，使他产生对她对我都不利的看法。我到现在还想知道是否由于这种担心，所以我没有去试探我父亲的心意，没有想尽方法使他同情我的可怜的爱人，结果造成了我的最大的不幸。我也许还能激起一次他的怜悯心，我本来也可以叫他提防将从老G·M那儿非常容易得到的印象。我会知道什么呢？我的厄运也许能战胜我做的一切努力，不过，我只能把我的不幸归罪于我的厄运，至少是我的敌人的残酷。

我的父亲离开我以后，就去拜访老G·M先生。他看见他和他的儿子在一起。那个近卫军已经客客气气地放了他的儿子。我至今仍旧不知道他们谈话的详细内容，不过从它致人死命的后果来看，要判断其中的内容是太容易了。

他们——我指的就是这两个父亲——一同去见警察总监，请求警察总监两项恩典，一项是立刻把我从萨特莱释放出来，一项是把曼侬判处终身监禁，或者把她流放到美洲去。就在那个时期，人们开始把许多妨碍治安的人用船送到密西西比河去①。警察总监先生答应他们下一班船就把曼侬运走。

①　密西西比河是美国最大河流。17世纪起，法国去北美洲殖民地的人很少，就把犯人等送去开发那里的土地。

老G·M先生和我父亲立刻来到我这儿，一同把我恢复自由的消息告诉了我。老G·M先生对过去的事说了一通客气的恭维话，同时，他又祝贺我幸运，有这样一个父亲。他劝我今后要听从父亲的教训，效法父亲的榜样。我的父亲命令我向他道歉，请他原谅我对他的家庭的所谓的侮辱，并且要感谢他跟我的父亲想方设法使我出狱。

我们一同走了出来，谁也没有提到我的爱人一个字。

我因为他们都在眼前，甚至对门房也不敢讲到她。天呀，我即使苦苦求情，也是毫无用处的啊！那个残酷的命令和释放我的命令是同时来到的。一个小时以后，这个不幸的姑娘就要被带到妇女教养院去，在那儿和一些被判处要受到同样命运的不幸的女人聚合到一起。

我的父亲逼着我跟随他上他住的地方去。大约晚上六点钟的时候，我找到机会躲开他的眼睛回到了萨特莱。我的企图只是想叫人送一些饮料给曼侬，并且请看门人照顾她，因为我不敢希望别人会同意我自由地会见她。我还来不及考虑救出她的方法。

我要求和看门人谈话。我送了他一笔钱，又加上我对他态度温和，他感到很高兴，所以愿意给我帮助。他对我谈到了曼侬的命运，说这是一件使他万分惋惜的不幸的事情，因为它可能使我心中难受。他这句话我一点儿也听不懂是什么意思。我们谈了好一会，可是彼此仍旧不了解对方在说些什么。最后，他看出来我需要他解释，就对我做了说明，他说的话我之前对您说的时候，已经感到不寒而栗，现在再跟您讲一遍，仍然觉得恐怖。

从来没有哪种剧烈的中风的后果会这样突然和可怕。我跌倒在地上，心脏痛苦地跳动，使我当即失去了知觉，我以为我将永远从生命当中解脱了。等我清醒过来后，我的脑海里还保留着这样的念头。我对房间里的每个部分挨个儿望过去，然后又看自己，想弄清楚我是不是还具有活人的悲惨的品质。当只听从使人寻找解脱痛苦的自然的激动的时候，处在绝望与惊诧的这一片刻，确实没有比死亡更使我觉得甘美的了。即使是宗教，也不能教我预想到在死后会遇到比此刻折磨我的残酷的痉挛还要难受的事情。但是，由于爱情的固有的奇迹，我不一会儿就重新有了足够的力气，来感激上天使我恢复了知觉和理智。我如果死去，只对我自己有用；而曼侬需要我活着，好去救她，帮助她，为她报仇。我发誓要不顾一切达到我的目的。

那个看门人给了我种种帮助，这些帮助我只能从一个最好的朋友那里期望得到。我怀着无限感激的心情，接受了他对我的好意。

"唉！"我对他说，"您是同情我的痛苦的。所有的人都丢弃了我。甚至我的父亲也无疑成了残酷迫害我的人里的一个。没有一个人怜悯我；在这样一个冷酷无情蛮横无理的地方，仅有您一个人对人间一个最不幸的人表示同情。"

他劝我在心情混乱、还没有一点平静的时候，绝对不要上街去。

"不用管我，不用管我，"我走出去的时候回答道，"我和您再见面的时间比您所想的要来得早。请您给我准备一间最黑的牢房，我去闹它一场，好住进来。"

我最先的打算的确是决心把G·M父子两人和警察总监干掉，然后带领所有我能够找来帮忙的人，手持武器，去攻打妇女教养院。即使是我的父亲本人，在一个我认为是公正的报仇行动当中，也很难得到我的尊敬，因为看门人已经毫无隐瞒地告诉我，我的父亲和老G·M都是断送我的主谋。

　　但是，我在街上走了几步，新鲜的空气使我的热血和我的火气略微冷静下来，我的怒气逐渐被比较理性的感情所代替。我们的仇人的死亡，对曼侬来说，并没有多大的用处，而且，他们死了以后，必然会使我失掉一切救她的办法。此外，难道我真得采用卑劣的谋杀手段吗？我可不可以走别的报仇的道路呢？我要集中精力，首先设法救出曼侬，其余的一切事情，等到这件大事成功以后再说。

　　我剩下来的钱很少了，可是，这却是必要的基础，应该再弄些钱。我只想到有三个人能够寄托我的希望，那就是T先生、我的父亲和梯伯史。从后面两个人那儿想得到什么好处，是不大可能的，对于前一位，我实在不好意思再去给他增加麻烦。但是，在绝望无告的境况当中，也无法再顾到什么体面。我立刻就去圣-舒尔比斯修道院，我并不担心会给人认出来。我要人去叫梯伯史。他一开始说的几句话就使我看出他还不知道我最近的事情。这个想法叫我改变了我原来想用怜悯心感动他的打算。我对他笼统地谈到我再看到我的父亲的喜悦，接着，我请求他借我一点儿钱，借口是在离开巴黎以前要还几笔我希望不让别人知道的债。他立刻把他的钱袋拿出来。我看到钱袋里有六百法郎，我拿了五百法郎。我把我写的收据交给他，他非常慷慨，不肯收下。

　　从梯伯史那里出来，我转到T先生家里。我对他是毫无保留的。我把我的不幸和我的痛苦全告诉了他。因为他一向留意小G·M的动静，所以对我的情况即使最细微的地方他都已经知道了。不过他仍旧听我说下去，并且对我表示非常同情。当我请教他有什么办法能够救出曼侬的时候，他满脸愁容地回答我说，他觉得希望很小，除非有上天意外的援助，否则只有放弃希望。他又说，自从她关进妇女教养院以后，他特地到那儿去过一次，可是连他本人也没有得到准许见到她，警察总监的命令非常严厉。他说，真是祸上加祸，她要被编入那批不幸的犯人的队伍，已经指定在后天就要动身。

他的话使我万分惊慌失措，要是他再说上一个钟头，我也不会想到去打断他。他继续对我说，他所以一次也没有到萨特莱来看我，是要让别人相信他和我毫无关系，可以更加容易帮我的忙。他说，自从我离开萨特莱几小时以来，他不知道我上哪儿去了，心里直担忧。他盼望能立即见到我，给我一个在他看来我可能改变曼侬的命运的唯一的建议，但是，这个建议实行起来有危险，他请求我永远不向人透露他曾经参与这件事情，建议的内容便是去找一些胆大包天的好汉，当守卫们押着曼侬出巴黎的时候，他们就大着胆子去袭击。他一点也没有等我开口说我等钱用，就拿出一个钱袋送给我。

"这儿有一百个皮士多勒，"他对我说，"这点儿钱可能对您有些用处。等到命运之神使您的事业重新恢复以后，您再还我好了。"

他还说，如果不用担心他的名誉，他能亲身来搭救我的爱人的话，他是愿意用他的胳臂和他的宝剑来为我效劳的。

这样一种异乎寻常的侠义精神，使我感动得流下热泪。我用自己在困苦之中尚余的全部热情，向他表示我的感激。

我问他，如果请人去向警察总监求情，是否毫无希望。他对我说，他想到过这个办法，但是他以为这是徒劳无功的，因为像这种性质的恩赦，不能没有理由，同时，他也一点看不出来，可以借什么理由，去向一个严肃的、有势力的人求情。他说，如果在这一方面能够认为有什么指望的话，那只有去请G・M先生和我的父亲回心转意，要他们亲自去恳求警察总监撤回他的判决。他答应我他将尽一切力量去把小G·M拉到我们一边来，虽然他认为小G·M由于我们的事情，对他产生了某些怀疑，因而有点对他冷淡。他同时劝我绝对不要忘记去说服我的父亲。

这对我可不是一件容易办的事情，我指的不仅仅是说服他的时候我一准会碰到困难，还有另外一个理由也使我不敢接近他，那就是我是不顾他的命令从他的寓所逃出来的；并且，自从我知道曼侬的悲惨的命运以后，我就决定不再回到他那儿去了。我害怕他会不由我做主把我扣下来，甚至把我送回外省去。我的担心是有理由的。前一次我的大哥就用过这个法子。我的年纪的确已经大了一些，可是，要抵抗暴力，年纪大小是一个不起作用的理由。

不过，我还是找到了一个方法，可以使我避免危险，这个方法便是叫人把我的父亲请到一个公共场所，我换一个名字请求会见他。我立刻决定就这样做。T先生去G·M那儿，我呢，走到卢森堡公园，从这儿派人去通知我的父亲，说有一个为他效劳的贵族在公园里等他。我担心他不会来，因为天快黑了。但是不多久他却来到了，后面跟着一个仆人。我请他跟我沿着一条小路走，在这条小路上我们可以避开别的人。我们走了至少百来步远，还没有说一句话。他心里无疑在想我花了这许多功夫准备，不会没有重要的目的。他等待我讲话，而我也在考虑从何说起。后来，我终于开口了。

"先生，"我一面说，一面全身颤抖，"您是一个慈爱的父亲。您对我备施恩惠，宽恕了我犯下的无数过错。上天可以为我作证，我对您怀着一个最柔顺最孝敬的儿子的全部感情。但是，我觉得……您的严厉……"

"怎么! 我的严厉!"我的父亲打断了我的话，他一定是因为我慢吞吞地说话，感到不耐烦了。

"啊！先生，"我又说下去，"我觉得您对待不幸的曼侬是太严厉了。您听信了G·M先生的一面之辞。他对曼侬的仇恨使他在向您介绍她的时候，加以最恶意的歪曲，您就对她产生了一个可怕的印象。然而，她是古往今来最温柔最可爱的女人。但愿上天能使您想到去见她一面！我觉得她实在美丽，我相信您也一定会觉得她长得动人。您会同情她的，您会憎恶G·M的那些阴谋诡计，您会怜悯她和我。啊，我相信一定会这样！您不是铁石心肠。您会受到感动的。"

他看到我说得这样兴奋，一时不会结束，就又打断了我的话。他想知道我说这一番如此热情的话，究竟有什么目的。

"请求您救命，"我回答道，"如果曼侬去美洲，那我的命一刻也难保了。"

"不行，不行，"他用严厉的声调对我说，"我宁愿看到您死去，也不愿意看到您丧失理智，不要体面。"

"我们不要谈得离题太远了，"我抓住他的胳膊，对他大声说，"请您结束我这条可憎的、令人无法忍受的生命吧，因为在您为我造成的绝望境况当中，死亡，对我来说，将是一种恩惠。这是一种名符其实的出自一个父亲之手的礼物。"

"我只会给你理应得到的东西，"他辩解道，"我知道有许多父亲不会为了亲自做你的刽子手而等这样久的时间的。但是，我的过分的仁慈却毁了你。"

我在他的面前跪了下来。

"啊，如果您对我还有一点仁慈的话，"我抱住他的双膝，说道，"请不要用这样冷酷的心肠来对待我的眼泪吧。请您想想，我是您的儿子呀……天啊！回想一下我的母亲吧。您从前是那样温柔地爱她，别人要从您的手上把她夺去，您难道能

147

容忍吗？您一定会拼着性命来保卫她的。别人的心就不能跟您一样吗？一个人一旦体验过温情和痛苦的滋味，他能蛮横无情吗？"

"不许再提到你的母亲，"他用发怒的声音说道，"想到她，我会更加恼怒。假使她活到今天亲眼看到您的荒唐行为，准会痛心得死去的。我们不用再谈下去啦。"他接着说，"这样的谈话叫我厌烦，随便你怎样说，都丝毫不能改变我原来的决定。我要回住宿的地方去了，我命令您跟我一同回去。"

他对我说这个命令的时候，那种生硬冷酷的声调，使我充分懂得他是不会回心转意的了。我怕他打算亲手把我捉住不放，就走开了几步。

"不要逼我违抗您，来增加我的绝望。"我对他说，"要我跟您回去，那是不可能的事。您对待我这样冷酷无情，我也不能再活下去啦。因此，我对您说一声'永别'了。"接着我又悲伤地说了一句，"您不久便会听到我死去的消息，也许那时候会使您重新对我恢复做父亲的感情。"

我正转过身子要离开他走掉，他怒不可遏，大声叫道："你不肯跟我回去是不是？那你走吧，去自取灭亡吧。忘恩负义的逆子，永别了。"

"永别了，"我也气愤极了，对他说，"永别了，狠心的、毫无人性的父亲。"

我立刻走出卢森堡公园。我好像一个疯子似的在街上走，一直走到T先生家里。我一面走，一面抬起头，举起双手，向一切神明哀求。

"啊，天呀！"我说，"您也跟人一样残忍吗？除了您，我再也没有别的地方能期望得到援助了。"

T先生还没有回家，不过我等了没有多少时候，他回来了。

他的商谈和我的一样，没有得到什么结果。他垂头丧气地对我叙述他经历的情况。小G·M虽然没有他的父亲那样恨曼侬和我，可是也不情愿替我们去向他的父亲求情。他不肯这样做，是因为他自己也害怕那个爱报复的老家伙，他曾经对他狠狠发过脾气，责备他跟曼侬来往的目的。

既然这样，我只有采取暴力一条道路可走了，就如同T先生策划过的那样，我的全部希望都寄托在这上面了。

"这些希望没有一点儿把握，"我对他说，"但是对我来说，最可靠最令人快慰的一种希望，便是干得不成功至少能够死掉。"

我请求他用他的祝愿来帮助我，同时离开了他。我一心只想怎样去召集我的同伴，能把我的勇气和决心传送到他们身上。

我想到的第一个人，就是前次我请来捉住小G·M的那个近卫军。我打算在他的屋里过夜，这个下午我实在没有那份闲散的心情去找一个住处。我看到他一个人待在屋里。他看见我已经出了萨特莱，非常高兴，热情地表示愿意为我效劳。我就对他说明他能够帮我什么忙。他相当有见识，看得出其中有各种困难；但是他是那样慷慨，要把所有困难一一克服。

当夜，我们花了一些时间来商量我们的计划。他向我提到上一次他雇用的那三个卫兵，认为那是三个经得住考验的好汉。T先生已经把押送曼侬的警士的人数明确地告诉了我，一共六个人。五个胆大果断的人就足以使得这几个坏家伙胆战心惊了，因为当他们由于胆怯只能逃避交手的危险的时候，他们是绝对不可能正大光明地来抵抗的。

因为我不短少钱，所以那个近卫军劝我说，为了使得我们的攻击能够百分之百的成功，一点也不要怕花钱。

"我们需要马，"他对我说，"还需要手枪，每个人还要带一支短筒火枪。这些都由我明天去负责筹备。还得给我们的兵士弄三套便服，他们干这一类的事情，是不敢穿着军服露面的。"

我把从T先生那儿拿来的一百个皮士多勒交在他的手上。第二天，这笔钱用得一文不剩。那三个兵士在我的面前接受检阅。我答应给他们重赏，鼓舞他们的士气，同时，为了不叫他们怀疑我的诺言，我先送给每个人十个皮士多勒。

行动的那一天来到了。我派了一个兵士一清早去妇女教养院，要他亲自了解一下警士和囚犯什么时候动身。虽然我如此小心，只是出于过分不安和过分深谋远虑，但是后来证明这样做是完全必要的。别人以前告诉我的他们走的路线根本不对，而我竟深信不疑，以为这群可怜的人一定会在拉·罗舍尔①上船，因此如果真的在去奥尔良②的大路上等候他们那将是白费力气。而根据那个卫兵的报告，我才知道他们将取道诺曼底，在勒阿弗尔-德-格拉斯上船前去美洲。

我们立刻前往圣-奥诺莱门③，大家小心地分道而去，在城郊的边上会合。我们骑的都是健壮的马。我们马上就看到了那六个看守和那两辆悲惨的车子，那就是两年前您在帕西见到过的。看到这个场面，我几乎丧失了力量和知觉。

"啊，命运之神呀，"我叫道，"残酷的命运之神呀！至少要么让我死，要么让我得胜。"

我们商议了一会儿，看应该采取什么方式进攻。那几个警士在我们前面差不多四百多步的地方，大路围绕着一块小

① 拉·罗舍尔，法国靠大西洋的一个港口。
② 奥尔良，卢瓦雷省省会，巴黎以南，如去拉·罗舍尔必须经过此地。
③ 圣-奥诺莱门，在巴黎前圣-奥诺莱路的尽头，可通西郊。

小的田野，我们可以穿过这块田野去拦击他们。那个近卫军主张这样去袭击他们，使对方措手不及。我赞同他的想法，并且第一个催马向前冲去，但是命运之神无情地否定了我的愿望。

那几个警士看见五个骑马的人向他们奔过来，毫不怀疑这是特地来攻打他们的。他们露出相当坚定的神情，准备好他们的刺刀和步枪，预备抵抗。

他们这副样子，只能使那个近卫军和我，我们两个人感到兴奋，却突然使我们那三个胆小如鼠的伙计失去了勇气。他们不约而同地站住了，接着彼此说了几句我一点也没有听清楚的话，便掉转马头，飞快地向去巴黎的大路奔去。

"老天啊！"近卫军对我说，他好像跟我一样，被这种可耻的脱逃弄得茫然失措了，"那我们该怎样办呢？我们只有两个人啦！"

我因为愤怒和惊诧，一句话也说不出来了。我勒住了马，在考虑要不要去追赶那几个弃我而逃的懦夫，惩罚他们，首先报这一个仇。我眼看他们逃走，接着我又朝那几个警士望过去。如果我有能力分身的话，我一定会同时去攻打这两个叫我愤怒的目标，我会把他们全都消灭掉。

那个近卫军看到我眼睛惶惑地望来望去，知道我心里犹豫不决，就要我听他的劝告。

"一共只有两个人，"他对我说，"却要去攻打六个跟我们一样武装齐备、好像正在坚决迎战的人，那真是发疯了。我们应该回到巴黎去，再尽力设法好好挑选一些好汉。那几个警士押了这两辆笨重的大车，一天走不了多少路，我们不用费什么力气明天就能够赶上他们。"

我对这个意见考虑了一会儿，但是从各方面来看，都是使人失望的事情，于是我打定了一个真正是绝望的主意。

  我辞谢了我的这位同伴的帮助；我不但不去攻打那些警士，反而决定低声下气地去请求他们允许我加入他们的队伍，好和他们一起陪伴曼侬到勒阿弗尔－德－格拉斯，然后，再从那儿和她越过重洋。

  "什么人都虐待我，或者背弃我，"我对那个近卫军说，"我再也不信任任何人了，对于命运之神也好，别人的帮助也好，我也不再期待什么了。我的不幸到了极点，我无法可想，只好逆来顺受。因此，我对于任何的希望都闭上眼睛不看。但愿老天酬报您的侠义之情！永别了。我要去帮助我的厄运来使我遭到彻底的毁灭，我心甘情愿自走绝路。"

  他竭力说服我回巴黎去，可是我丝毫不听。我请求他让我照着我打定的主意去做，并且立刻离开我，我怕那些警士仍旧以为我们在计划进攻他们。

  我独自一个人向他们迎上去，脚步缓慢，满面愁容，所以他们看到我走近他们，一点也不感到害怕。不过他们仍然做出防备的样子。

  "先生们，你们放心吧，"我走到他们前面的时候，向他们说道，"我绝对不是来向你们寻衅的，我是来向你们求情的。"

  我请求他们继续向前走，不要猜疑什么。我一面走，一面告诉他们，我等待他们对我的恩惠。他们在一起商量，想决定用什么态度来接受这个提议。那个队长代表其余的人说话了。他回答我说，他们接到命令要特别严厉地看管他们的囚犯，不过，他认为我是一个如此英俊的青年，他和他的伙计们可以稍微放松一点儿他们的职责；但是，我得明白我应该花些代价。我身上只剩下十五个皮士多勒左右；我把我口袋中的钱的总数，老老实实地告诉了他们。

"那好！"那个警士对我说，"我们可以客气一点。您只要花上一个埃居，就能在我们带的姑娘当中选一个最合您意的谈一个钟头。这可是巴黎的时价。"

我没有向他们特别提到曼侬，因为我不打算让他们知道我对曼侬的热烈的爱情。他们起初以为我只不过是一个年轻人的一时冲动，使得我想找这一类的女人稍微消遣消遣。但是当他们相信我是在热爱一个女人的时候，就把索取的价码加得那样高，结果我从芒特①动身以后——我们抵达帕西的前一夜是在这儿过夜的——就囊空如洗了。

我在路上和曼侬谈话的悲惨的情形，或者，当我得到警士允许走近她的车子的时候，她使我产生的印象，我能对您怎样说呢？啊，言语永远只能表达出一半的心情。但是，您想象一下我的可怜的情人的样子吧，她腰上锁着铁链，坐在一捆捆草上，脑袋无力地靠着车子的一边，脸色苍白，满脸泪水，她虽然不住地闭着眼睛，眼泪却老是从眼皮缝儿里向下流。甚至在听到她的几个看守害怕受到攻击弄出一片声响的时候，她也没有好奇地睁开眼睛来。她的衬衣又脏又乱，她的纤美的双手露在外面，任风侮弄。总之，这个娇媚的少女，这副能够让全世界崇拜的容貌，显出无法形容的苦恼和沮丧。

我骑着马走在车子旁边，对着她望了好一会儿。我很难控制住自己，有好几次，我差点危险地跌下马来。我的叹息和我的接连的叫喊，引起她对我的注意。她认出了我，我觉察出她在最初的激动当中，竟想跳出车子，到我身边来，可是那条链子拉住了她。她只好恢复原来的姿势。

我请求那些警士发发善心，停下来一会儿；他们因为贪

————————

① 芒特，巴黎西北部的一个城市。

图钱财，便答应了我的要求。我下了马，坐到她的身旁。

她是那样困倦那样衰弱，好一阵时间竟无法说出话来，连手也不能动一动。这时候我的眼泪淋湿了她的双手，我也说不出一句话，我们两人的样子悲惨到了极点，不会有比我们的神态更令人伤心的了。等到我们能够开口说话的时候，我们说的话也是同样的悲哀。

曼侬说得很少，羞愧和痛苦似乎损坏了她讲话的器官。她的声音是微弱的，颤抖的。

她感谢我没有把她忘记，她叹着气说，她也感谢我给她带来的安慰，让她至少还能与我见上一次面，并且向我做最后的告别。但是，我向她保证，什么力量也不能使我跟她分离，即使天涯海角，我也预备跟她去，好照顾她，服侍她，爱她，将我的不幸的命运和她的不幸的命运紧紧结合在一起。这个可怜的姑娘听见我这样说，表现出万分温柔和痛苦的感情，竟使我担心由于这样强烈的感动，她的生命会发生危险。她的灵魂里的所有的激情好像都聚集在她的那双眼睛里。她把眼睛盯住我望着。她好几次张开了嘴。可是没有力量把她要说的话说完，不过毕竟说出了一些。那些话是对我的爱情表示惊叹，对她的放纵行为表示柔婉的抱怨，对她能够如此幸福地引起我这样完美的热情表示怀疑。同时，她恳切地要求放弃跟她走的打算，要我另外寻求与我相当的幸福，她对我说，这种幸福我是无法指望从她那儿得到的。

尽管这是所有命运当中最残酷的命运，我却从她的眼神当中，从她对我的爱情的坚定态度当中，找到了我的幸福。说实在话，我失掉了别人所珍视的一切东西，却占有了曼侬的心，这是我所珍视的唯一财富。如果我真的能够跟我的情人在一起过幸福的生活，那住在欧洲也好，住在美洲也好，住在随便什么地方也好，对我来说又有什么关系呢？一对忠诚相爱的爱人，不可以把整个世界当做祖国吗？他们不可以在相互之间找到父母亲友，找到财富和幸福吗？

假使有什么事情教我不安的话，那便是害怕看到曼侬遭受到贫困的折磨。我已经想象到和她住在一个没有开化的、全是野蛮人居住的地区里。

"我完全相信在那个地方不会有跟老G·M和我父亲一样残忍的野蛮人。"我说，"他们至少会让我们太太平平地生活。如果别人所说的关于他们的情况是真实的话，他们是服从自然的法则。他们既不知道什么是贪得无厌，像老G·M那样，也不知道什么是古怪的荣誉观念，就是这种观念使我成为我的父亲的敌人。他们看见一对爱人和他们一样简朴地生活，是绝对不会去惊动他们的。"

在这方面，我觉得很放心。但是，在生活的日常需要上，我一点儿也不抱什么幻想。我这样的体会是太多了，那就是有些生活用品是必不可少的，特别对于一个过惯舒适富裕生活的娇柔的女人来说。我很懊丧，平白无故地把钱袋花空了，就是还剩下来的一点点钱，也快要被那些警士敲诈得一干二净。我盘算有一小笔钱，我就不仅仅能指望在缺少金钱的美洲维持若干时候的生活，不会受到饥寒之苦，而且，甚至还可以经营某项事业，好在那儿定居下去。

这个想法使我起意写信给梯伯史，我一向认为他是会很快给我友谊的援助的。我们经过第一个城市的时候，我就写好了信。我并没有对他说别的什么理由，只说我预料我抵达勒阿弗尔-德-格拉斯以后，将有急用，我向他承认我是陪送曼侬上那儿去的，我向他要一百个皮士多勒。

"款汇勒阿弗尔邮局局长转交。"我告诉他，"您会清楚地看到，这是我最后一次惊动您的友情了，我的不幸的情人将要永远从我身边被人夺走，我不能让她毫无安慰地离去，而这种安慰是会缓和她命运中的痛苦，减轻我的难以平息的悔恨的。"

那几个警士发现了我的热情是这样强烈以后，变得十分难以应付了，请求他们一点点的照顾，他们都要不断地抬高代价，不久他们就使我穷得走投无路。此外，爱情也不允许我节省我的钱袋。我从早到晚，都在曼侬身边，简直忘记了自己。对我来说，时间不再是用钟点来计算的了，而是一整天一整天地来计算的。最后，我的钱袋完全空了，我就只好忍受那六个坏蛋的任意的蛮横的摆布，他们用一种令人难堪的、盛气凌人的态度来对待我。在帕西的时候，您曾经亲眼看见过那种场面。和您的相遇，是命运之神赐给我的得到宽慰的幸福的时刻。您看到我在受苦，您怜悯我，从您的善心那儿，我得到了唯一的慰藉。您对我的慷慨的帮助，让我能够到达勒阿弗尔。那些警士超出我的想象，非常忠实地遵守了他们的诺言。

我们到了勒阿弗尔后，我首先便去邮局。梯伯史还来不及给我回信。我准确地打听了在哪一天能够等到他的信。别人说两天以后信才能到，但是，由于我的恶劣的命运的奇怪的安排，我们的船在我应该等到回信班期的那天早上就要起航。我真不能向您形容我是多么的绝望。

"怎么！"我大声叫道，"就是在不幸当中，难道我也永远应该是最倒霉的人不成？"

曼侬回答道：

"唉！这样一种悲惨的生活，还值得我们关心吗？亲爱的骑士，我们就死在勒阿弗尔吧。让死亡一下子结束了我们的苦难! 既然别人要折磨我, 那我们何必还要把苦难带到那一个陌生的地方去呢? 在那儿我们无疑会遇到最可怕的穷困的日子的。"她又对我重复地说, "我们一起死吧, 或者, 至少你让我死吧, 然后你在一个更为幸福的爱人的怀抱里去寻找另外一种命运。"

"不, 不, "我对她说, "跟您一起过不幸的生活, 对我来说, 是值得羡慕的命运。"

她说的这一番话, 使我听了不禁发抖。我估计她是给痛苦压倒了。我竭力装出更加镇静的样子, 好使她不再有那些关于死亡和绝望的凄惨的想法。我决定今后也保持这样的态度。后来, 我得到证明, 要激起一个女人的勇气, 没有比她所爱的男人的无畏的精神更有效的了。

我已经失去从梯伯史那儿得到援助的希望, 只好把我的马卖掉。卖马的钱, 加上您送给我的还没有用完的, 一共只有十七个皮士多勒。我花了七个皮士多勒替曼侬买了一些安慰她的必需的用品, 其余的十个皮士多勒, 我小心地收好, 把它们看作我们到美洲以后幸运和希望的基础。我一点儿也没有费什么气力就被船长收容下来。

在那个时候, 人们正找寻准备自愿去殖民地①的年轻人。乘船和伙食我可以完全免费。去巴黎的邮车第二天动身, 我发出一封信给梯伯史。那封信写得很动人, 肯定能使他无限感动, 因为它使得他后来采取了一种只能来自对一个不幸的朋友的最亲切最慷慨的感情的决定。

我们的船开航了。一路上都是顺风。我从船长那儿单独弄到一块地方给曼侬和我住。他很仁慈, 看待我们跟我那些

---

① 当时法国去美洲殖民地的人很少, 所以鼓励人去。

可怜的同伴不一样。在第一天，我就特意找他，为了取得他对我的尊重，我把我的不幸的经历告诉了他一部分。我对他说我已经和曼侬结婚了，说这种可耻的谎话我并不认为是有罪的。他表面上像相信了我的话，并且答应保护我。在整个航行的途中，我们确实受到了他的保护。他关切地教人客气地送饮食给我们吃。他对我们的照顾，使得我们那些不幸的同伴都对我们尊重起来。我一直注意不让曼侬感到丝毫的不舒服。她清楚地注意到了这一点，这种感觉，再加上我为她而自己极端刻苦引起她产生的激烈的感情，使她显得那样温柔，那样热情，对我的很微小的需要，又是那样关心，以致在她和我之间，发生了一个相互体贴相互怜爱的不间断的竞赛。我对离开欧洲一点也不懊恼了。相反，我们愈靠近美洲，我愈觉得心情舒畅，并且变得平静。如果我能够肯定在那儿不缺乏生活上绝不可少的必需品，那我就要感谢命运之神对我们的不幸赐予如此的恩惠。

经过两个月的航行，我们终于抵达了长久盼望的海岸。

初看过去，这个地方让我们一点也不感到可爱。它是一片荒凉的无人居住的旷野，只能看到一点芦苇和几株被风吹光叶子的树，看不见人影，也看不见兽迹。但是，船长下令开了几炮以后，没有好久，我们就看见一群新奥尔良①的居民兴高采烈地向我们走来。我们没有看见城，因为它在那一边给一座小山挡住了。他们好像欢迎从天而降的人一样欢迎我们。

那些可怜的居民迫不及待地向我们问了成千个问题，他们问法国的情形，问他们自己家乡的各个省的情形。他们如

---

① 新奥尔良，在今美国路易斯安那州，密西西比河河口。

同拥抱亲兄弟一样地拥抱我们，又好像把我们看作是来到当地分担他们的不幸和寂寞的亲爱的同伴。我们跟着他们向城里走去，但是，我们在向前走的时候，突然发现过去别人一直对我们吹嘘的所谓好城市，只不过是一些简陋的棚屋聚集在一块儿。在这些棚屋里住了五六百个人。总督的住宅因为它的高度和它的位置，在我们看来，稍微有点儿与众不同。它的四周围给一些土垒维护着，土垒外面是一道阔壕。

我们首先给带到他的面前。他和船长秘密地谈了很久，然后，他回到我们跟前，仔细地把船上载来的女子一个接着一个全看了一遍。她们一共有三十个人；因为在勒阿弗尔的时候，我们又遇到了另外一批女子，她们加入了我们的队伍。总督长久地察看以后，就把城里的一些各式各样的青年人叫来。那都是一些在焦虑地等待妻子的人。他把那些最漂亮的女子送给其中的重要的人物，其余的则拈阄分配。他还没有跟曼侬说过一句话，但是，当他命令其他人退出去以后，他要曼侬和我两个人留下来。

"我从船长那儿知道你们是已经结过婚的，"他对我们说，"而且，他在一路上看得出来你们是两个聪明的和有教养的人。至于你们为什么会落到这样不幸的地步，我一点也不想过问。但是，如果你们真的是通情达理，就像我所看到的你们的外表那样，那我愿意尽一切力量来改善你们的命运，而你们也可以在这个蛮荒的地方给我带来一点儿乐趣。"

我用一种我以为最适宜证实他对我们的想法的态度回答他。他吩咐手下人给我们在城里准备一个住处，他又留我们和他一块儿吃晚饭。他是一个不幸的流放者的长官，我却发觉他待人非常有礼貌。有别人在面前，他从来不询问我们过去的遭遇究竟怎样。我们谈话的内容都是一般的事情。曼侬和我虽然心情沉重，我们却尽量使谈话显得愉快。

晚上，他派人领我们到那个已经为我们准备好的住处去。我们看到的是一座简陋的、用木板和泥土造成的棚屋，有两三间平房，上面有一间阁楼。屋子里放了五六把椅子和几样日常生活必需的用具。

曼侬看到这样不像样的住所，立刻就露出惊慌的神情。她感到悲伤，大部分是为了我，而不是为了她本人。只剩下我们两个人的时候，她坐下来辛酸地哭了。我起初想法安慰她，她却对我表示，说她只是替我伤心，她又说，在我们的共同的苦难当中，她只留意到我所受到的不幸。这时候，我便装出挺勇敢、甚至还挺快乐的样子，想使她也同样勇敢同样快乐。

"我有什么可以抱怨的呢？"我对她说，"我所希望的我都得到了。您爱我，是不是？那我还盼望什么别的幸福呢？让我们听天由命吧。我并不觉得我的命运是怎样的绝望。总督是一个彬彬有礼的人，他对我们很尊重，他不会让我们短少必需的物品。至于我们的棚屋简陋，家具粗劣，您也看得出这儿很少有人比我们住得好，家具用得好。"我拥抱着她又说道，"况且，你是一个奇妙的化学家，你能把这一切都变成金子。"

"那么您将会成为天地间最有钱的人了，"她回答我说，"因为从来没有一个人的爱情比得上您的爱情，因此，也不可能有人会得到比您得到的还要温柔的爱情。"她继续往下说，"我知道自己的所作所为。您对我这样痴心地爱恋，我深深感到我是一点儿也不配的。我曾经好几次使您伤心，如果您不是万分善良，是不可能宽恕我的。我从前是又轻浮又浪漫，甚至在我总是那样发狂地爱着您的时候，我也只是一个忘恩负义的女子。但是您也许不相信我如今有了多大的改变。我们离开法国以后，您常常看到我流泪，那些眼泪没有一次是为了我自己的不幸流的。您一开始来和我同甘共苦，我就感觉不到自己的不幸了。我只是为了您才流出温柔的、怜悯的眼泪。在我以往的生活中，我曾经使您感到痛苦，哪怕只是片刻时间，我也绝不能安下心来。对自己的反复无常，我永远要责备自己；我永远抑制不住我的感动，因为我慨叹爱情竟能使您热爱一个不值得您爱的不幸的女子。"她满脸泪水，又说了一句，"这个女子即使付出她的全部生命，也不能够补偿她以前给您造成的一半的痛苦啊。"

她流的眼泪，她说的话，以及她说话的声调，使我产生令人惊讶的印象，竟使我感觉到我的心灵正在分裂开来。

"你要当心，"我对她说，"我亲爱的曼侬，你要当心。我没有足够的力量来承担你这样强烈的爱情的表示了；我对这种极端的快乐一点儿也不习惯。啊，天主呀！"我大声嚷道，"我对您什么要求也没有了。我完全信任曼侬的心啦，这颗心便是我所希望的能使人幸福的心。现在我的幸福再也不会夭折了，它已经非常牢固啦。"

"如果您把您的幸福寄托在我的身上，"她说道，"那它是非常牢固的。我知道得很清楚，我能指望在什么地方不断地找得到我的幸福。"

我怀着这些甜蜜的想法睡下来，它们把我的棚屋变成了世界上最伟大的皇帝的皇宫。从此，美洲对我说来，竟成了一个人间乐园。

"一个人想尝到爱情的真正的甜蜜的话，"我常常对曼侬说，"那就应该到新奥尔良来。在这儿，人们相亲相爱，没有私心，没有嫉妒心，没有什么反复无常。我们的同胞上这儿来寻找黄金，他们却没有想到我们在这儿已经找到比黄金更加可贵的宝藏。"

　　我们小心地保持与总督的友谊。在我们到达这儿几个星期以后，要塞里有了一个空缺，他便好心地把这个小小的职务给我担任。虽然这个位置没有什么了不起，我却看作是上天的恩赐一样接受下来。这个位置使我能独立生活，不用再依靠别人负担。我雇了一个仆人，又替曼侬雇了一个女仆。我们的小家庭安置妥当了。我的行动有了规律，曼侬也跟我一样。我们不放弃每个机会替邻居帮忙，替他们做点儿有益的事。这种殷勤的表现和我们和蔼的态度，使我们得到所有的移民的信任和友情。我们不久以后就受到大家的重视，以致我们被视为城内除总督以外的头一等的人物了。

　　我们的日常工作很单纯，加上生活一直是这样宁静，使得我们不知不觉地产生了宗教思想。曼侬原来就不是一个反对宗教的女子，我也不是一个极端放荡的、以反对宗教来掩饰道德败坏为荣的人。爱情和年轻造成我们行为不检点。人世的经历开始使我们老成起来，它带给我们的影响和年月带来的相同。我们的谈话现在总是要经过反复思考才说出来，它逐渐地让我们感到贞洁的爱情的滋味。我首先对曼侬说出这种心情的改变，我也知道她内心里的准则。她所有的感情都是正直而自然的，品性是一直向善的。我告诉她，在我们的幸福当中缺少一件东西。

　　"这便是使我们的幸福得到天主的赞同。"我对她说，"我们两人的灵魂是那样美好，我们两人的心是那样完美，所以我们不能心甘情愿地忘掉义务而生活下去。在法国，我们这样生活还无所谓，因为在那儿我们既不可能中止彼此的爱情，也不可能通过正当的途径使自己达到目的。但是在美洲，我们完全可以凭着自己的意志做事了，我们不用再考虑门第礼教以及那些专制的法律，在这儿，别人都以为我们已经结婚，谁能阻止我们立刻把这件事成为事实呢？谁能阻止我们用宗教准许的誓言使我们的爱情变得高贵呢？"

我又继续说道："对我来说，我在把我的心和我的手献给您的时候，我没有什么新的东西再献给您。但是，在祭坛前面，我准备将它们重新作为礼物送给您①。"

我觉得这段话说得她内心里充满了喜悦。

"您相信吗？"她回答我说，"自从我们到了美洲以后，这件事我已经想了一千来遍了。我怕说出来会惹您不高兴，所以才把这个愿望藏在心里。我绝不敢痴心妄想能有资格做您的妻子。"

"啊，曼侬，"我回答道，"如果天主在我出生的时候，让我带着皇冠，那你不久就要成为皇后啦。我们不必再犹疑不决了。我们面前没有什么障碍可以惧怕的了。我想在今天就去把这件事告诉总督知道，向他承认直到今天为止我们一直在欺骗他。让那些庸俗的情人们害怕婚姻的难以解开的锁链吧。"我又说道，"如果他们像我们一样能够确信永远会系着这条爱情的锁链，他们就不害怕它了。"

我这样决定以后，曼侬真是欢喜极了。

就我眼前的处境来看，我注定要顺从一种我无法克服的热情，并且被那些我绝对不应该抑制下去的内疚所谴责，因此我相信世上没有一位有德行的人不赞同我的看法。但是，如果天主拒绝我的只是为了讨她喜欢而定下的计划，我因此埋怨他的严厉的话，会不会有人指责我不满意天主的不公正而发的怨言呢？天呀！我说的是什么呀，他拒绝这个计划？他惩罚了这个计划，看成是一件罪恶。当我盲目地在邪恶的道

---

① 天主教徒结婚，在祭坛前举行仪式。

路上行走的时候，他耐心地容忍了我；而我开始归向正道的时候，他却给我最厉害的惩罚。我害怕我没有力量讲完这段从未有过的最悲惨的事情。

如同我和曼侬商量妥当的那样，我去见总督，请求他同意我们举行婚礼。如果我事先能够指望他的指导神甫，也就是城中唯一的神甫，不用总督参与就可以替我办这件事的话，那我就不会向总督以及任何人谈了。但是，我不敢希望他会偷偷地做这件事，我决定正大光明地进行。

总督有一个侄儿，叫辛奈莱，是总督最宠爱的人。他有三十岁，人很勇敢，但是容易动怒，个性粗暴。他还没有结婚。从我们到这儿的第一天开始，曼侬的美丽便使他着了迷。后来的这九到十个月当中，他有无数的机会看见她，他的热情猛烈地燃烧起来，竟使他暗地里为她憔悴。然而，他和他的叔父跟全城的人一样，以为我是真的和曼侬结过婚的，所以他极力克制住他的爱情，不让它有一丝暴露出来。他甚至在好多次为我效劳的机会当中，对我表示过他的热心。

我到达要塞的时候，看见他和他的叔父在一起。我没有一点理由迫使我要在他面前保守我的计划的秘密，因此我当着他面，毫不为难地说明了我的来意。总督带着跟平日一样和善的态度听我讲，我把我的一部分往事告诉了他，他很高兴地听着，当我请求他参加我打算进行的婚礼的时候，他慷慨地答应负担婚礼的全部费用。我心满意足地从他那儿走出来。

一小时以后，我看见那个指导神甫到了我家里。我以为他是来指点我关于我的婚礼的事情的。但是，他冷冷地向我打了个招呼以后，就用两句话对我说，总督禁止我考虑结婚的事情，他又说，总督对曼侬另有打算。

"对曼侬另有打算？"我胆战心惊地对他说，"神甫先生，究竟是什么打算?"

他回答我说,我不会不知道总督先生是当地的主宰,他说,曼侬从法国流放到殖民地来,总督就可以任意安排她,他所以直到今天没有这样做,是因为他认为曼侬已经结过婚了。但是他从我这儿了解到她根本没有结过婚以后,就及时地决定把她送给了深深爱着她的辛奈莱先生。

我满腔怒火,无法采取谨慎的态度。我骄傲地命令这个神甫离开我的家,同时发誓说,总督、辛奈莱以及全城的人,谁都不能来碰一碰我的妻子,或者我的情人——就像他们愿意称呼的那样。

我立刻把我刚才知道的悲惨的消息告诉曼侬。我们断定辛奈莱是在我回来以后,迷惑住他叔父的心的,而且,这是很久以来就在策划的一种计谋的结果。他们是最有势力的人。我们两个人在新奥尔良就好像处在茫茫大海当中一样,这就是说,无限广阔的空间把我们与世界的其他部分隔绝开来。一个陌生的、荒凉的、到处是猛兽和跟猛兽一样凶狠的土人的国土,我们能逃到哪儿去呢? 我在城里受到别人的敬重,但是我不能指望感动居民们来同情我,希望得到一种可以解除我的不幸的援助。那样做是要花钱的,我却一贫如洗。此外,我对能不能够激起群众的热情毫无把握,如果我们运气不好,那我们的不幸就变得无药可救了。

这些念头我都在头脑里反复想着。我把一部分告诉了曼侬,我还没有听到她的回答,又想到了一些新的念头。我决定了一个主意,可是又把它抛弃,再采取另一个。我独自说话,我高声地回答着我自己的思想。总之,我心乱如麻,简直无法形容,因为心情这样不安是从来也没有过的。曼侬的眼睛盯住我看着,她从我的慌乱当中看出危险的严重程度。这个

曼侬·雷斯戈 法国文学经典

温柔的女人，为我担忧超过为她自己担忧，甚至不敢张开嘴来向我表示她的恐惧的心情。

我思考了无数遍以后，决定去见总督，打算尽力用荣誉观念，同时请他回顾我对他的敬重和他对我的照顾，来打动他的心。曼侬想拦阻我出门，她双眼含着泪水，对我说道：

"您会送掉命的。他们会杀死您。我再也看不到您啦。我要比您先死。"

我不得不费很大的力气说服她，我说我必须出去，而她也必须留在家里。我答应她，她不一会儿就能见到我。她和我一样，都没有想到天主的全部的愤怒和我们敌人的疯狂，都落到了她的身上。

我走到了要塞。总督和他的神甫都在那儿。我低声下气，想感动他，如果我是为了别的理由这样卑躬屈膝的话，那我真会羞愧死的。我用各种理由来恳求他，一个人的心假使不是跟凶恶残暴的老虎的心那样，这些理由一定会产生效果。这个蛮不讲理的东西对我的苦苦哀求，只回答两句话，他把这两句话反复说了百来遍。曼侬吧，他说，是属于他管的，而他已经答应给他的侄儿了。

我打定好主意，不管怎样都极力克制住自己。我只是对他说，在我的朋友当中，我最相信他，所以他是不会要我死的，我宁愿自己死掉，也不愿意失掉我的情人。

当我走出来的时候，我知道得非常清楚，在这个顽固的老家伙身上，是一点儿希望也得不到的了。他为了他的侄儿是能下一千次地狱的。然而，我打算坚持一种温和的态度，一直到最后关头，如果别人对我过分不公正的话，我决定给美洲人看看爱情造成的一幕最残忍最可怕的场面。

我一面思虑着这个计划，一面往家里走。这时候，命运一心想叫我尽快地毁灭，让我半途遇到了辛奈莱。他在我的双眼里看出了我的一部分心思。我在上面说过他是一个勇敢的人。他走到了我的面前。

"您不是在找我吧？"他对我说，"我知道我的打算冒犯了您，我已经清楚地预料到应该跟您拼一个你死我活。我们来看看谁是最幸福的人吧。"

我回答他说，他说的话有道理，我说，只有我死去才能结束我们的纠纷。

我们走到城外百来步远的地方。我们拔出剑斗起来。我刺伤了他，几乎在同时打掉了他手上的剑。他对他的不幸气得发了狂，拒绝求我饶命，也不肯放弃曼侬。我可能有权利一剑结果他的性命，并且使他不能再得到曼侬，但是一个血统高贵的人从来都是言行一致的。我把他的剑丢还给他。

"重新再比过，"我对他说，"不过要知道这一回可不用想我饶恕您啦。"

他愤怒得无法形容，狠狠地攻打我。我应该承认我在巴黎只学过三个月的剑术，所以我的击剑本领并不高明。爱情指挥着我的剑。辛奈莱刺穿了我的胳臂，我却乘机逼住了他，狠狠地刺了他一剑。他倒在我的跟前，一动也不动了。

经过一番殊死的决战之后得到的胜利，虽然使我非常高兴，但是我立刻想到他的死关系重大。对我来说，既没有求得赦免的希望，也没有缓刑的可能。正像我所知道的，总督对他的侄儿极为疼爱，我肯定地相信，当他晓得他的侄儿死了以后，用不着一小时，我就会被他判处死刑的。虽然我是说不出的心惊胆战，可是，这样的恐惧并不是我不安的最大原因。曼侬的利益，她的危险，和必然会失掉她的想法，使我心乱如麻，眼前一片漆黑，不知道自己是在什么地方。我后悔杀死了辛奈莱，似乎只有立即死去才能解脱我的痛苦。

但是，就是这个想法使我的精神立刻恢复了常态，并且让我能够当机立断，下了一个决心。

"什么！我要用死亡来结束我的痛苦吗？"我高声说道，"难道说有什么事会比失去我心爱的爱人更使我感到可怕吗？啊，我要忍受最残酷的迫害，来拯救我的爱人，等到受尽苦难以后还毫无结果，我再死吧。"

我走上了回到城里去的道路。我回到家中，发现曼侬因为害怕和担心，好像快死了一样。我回到她的跟前，她才振作起来。我不能对她隐瞒刚才发生的可怕的事情。她听说辛奈莱被我杀死，而我也受了伤，昏倒在我的怀里。我用了一刻多钟的时间，使她重新恢复知觉。

我自己也吓得半死。对她的安全和我的安全，我看不到一丝一毫的希望。

"曼侬，我们怎么办呢？"当她稍许有了一点儿力气以后，我对她说，"老天啊！我们该怎么办呢？我必须离开这儿。您愿意留在城里吗？是的，您留在这儿吧。您在这儿还能够得到幸福，而我呢，我要离开您远远的，到土人当中去，或者到猛兽的利爪底下去寻求一死。"

她虽然身体软弱无力，还是站了起来，拉着我的手，把我领到门口。

"我们一同逃走吧，"她对我说，"一分一秒时间也不要耽搁。辛奈莱的尸体可能被人无意之中发现，到那时候我们就来不及脱身了。"

"但是，亲爱的曼侬啊！"我六神无主地说道，"那就告诉我，我们能够逃到哪儿去呢。您想到什么办法没有？您不用我陪您，想法在这儿生活下去，我则主动地把我的头颅送给总督，这岂不是更好一些吗？"

这个提议只有增加她离开的决心，我不得不依从她。在出门的时候，我还算相当机智，把房间里的几瓶烈性的甜烧酒和所有能够装到口袋里的食物都一起带走了。我们对在隔壁屋子里的仆人们说，我们要在傍晚散一下步，所以出去一会儿（我们原来每天都有这种在傍晚散步的习惯）。我们急急忙忙地离开了城里，即使曼侬的衰弱的身体无力支持，我们仍旧走得非常快。

虽然我们究竟要躲到什么地方去，我还没有决定，但是我抱着两个希望。如果没有这样两个希望，那么，与其让曼侬前途一片茫茫，那还是我死去的好。

我到美洲近十个月以来，已经相当熟悉本地的情况，对于怎样去和土人接近，并不是毫无所知的。我们能够落入他们手中才不至于会有死亡的危险。我甚至在若干次与他们见面的不同机会当中，已经学会了他们的几句语言，知道了他们的一些习惯。

除掉这个可怜的打算，我还有一个打算是在英国人那方面。他们和我们一样，在这个新大陆有他们的殖民地①，但是那样遥远的距离，使我非常害怕。我们要到达他们的殖民地，得走好几天的荒漠原野，爬过一些高山峻岭，那样的山路就是最粗野最健壮的人也感到难走。然而，我自信我们可以从这两个打算当中得到帮助：当地的土人会给我们带路，英国人会接待我们住在他们的居留地里。

曼侬的勇气能够支持她多久，我们就走了多久，这就是说，走了将近两里光景。因为这个世间难得的爱人总是拒绝提早

---

① 当时英国人在北美洲也有一部分殖民地，在新奥尔良以东。

休息。最后她实在太疲劳了，才对我直说她不能再往前走了。天已经黑下来。我们在一片辽阔的旷野当中坐下，找不到一棵树遮蔽我们。她第一件要做的事就是换我伤口上包的布，那是我们动身以前，她亲手包扎的。我不要她帮忙，但是没有用。她在想到她自己的健康状况以前，要先知道我已舒适，没有危险，她才感到满意，如果我拒绝她这样，那真会使她无比的难受。我在好一阵时间里，服从着她的愿望。我一声不响，羞愧地接受她的照料。

可是，当她尽情地表示了她的温存以后，我是用怎样热烈的感情来服侍她啊！我把身上的衣服全脱了下来，在地上垫平，让她躺下去不会觉得太硬。我不管她怎样不肯，使她终于同意看着我用我能想得到的可以使她比较舒服的方法，来为她效劳。我用我热烈的吻和哈出的热气温暖她的双手。我整夜守在她的身边，祈求天主能给她一个甜蜜而平静的睡眠。啊，天主！我的祝愿是多么强烈又多么诚恳啊！您是凭着什么严酷的判断，才决定不满足它们的呢？

如果我用很少的字句来结束一个使我万分悲痛的叙述的话，那得请您原谅我。我对您所讲的不幸的事，真是绝无仅有的啊。我注定要终身为它流泪。虽然我在回忆当中不断记住这件事情，然而我每一次想讲述它的时候，我的灵魂总仿佛在吓得直往后退。

我们安安静静地度过残夜。我以为我的亲爱的爱人睡着了，我怕打扰她的睡眠，因而不敢发出一点儿声气来。天色刚亮的时候，我摸她的手，发现她双手冰凉，不住地发抖。我把它们放到我的胸口焐暖。她感觉到我在这样做，就使劲握住我的手，用微弱的声音对我说，她知道她最后的时刻来临了。

起初，我只不过把这句话当作在苦难当中的一句普通的语言，我便仅仅用充满爱情的温柔的安慰来回答她。但是她不断地叹息着，对我的询问一声不响，同时紧紧地一直握着我的手不放，这些情形使我明白她的不幸将要到达尽头。

　　请您千万别要求我向您描述我当时的感情，也别要求我把她临终时的遗言告诉您。我失去了她，却从她那儿得到了爱情的确证，甚至就在她断气的那一刹那。关于这件致命的凄惨的事情，我有力量告诉您的，全告诉您了。

　　我的灵魂并没有跟着她的灵魂同去。无疑这是上天认为我还没有受到足够严厉的惩罚。它要我从那个时候开始，过一种死气沉沉、凄凄惨惨的生活。我也甘愿放弃今后生活得幸福一些的希望。

　　我把我的嘴一直吻着我亲爱的曼侬的脸和手，这样过了不止二十四小时。我的意图就是要死在她的身边，但是到了第二天早上破晓的时候，我想如果我也死去，她的肉体就要成为野兽的食物。我便决定把她埋葬好，然后在她的墓穴上等候我的死期。我已经距离死亡很近，因为饥饿和痛苦，我已非常虚弱，得费好大的劲，才站得住。我只有借助于我随身带的甜烧酒。喝了酒以后，我恢复了力气，能够使我去干这件叫人伤心的活儿。在我待的这个地方，要掘一个坑是不难的：这块田野全是沙土。我折断我的剑，用来挖土，不过用剑挖还不如用手。我掘出一个大坑。我用我所有的衣服小心地裹好我心中的偶像，不让沙土沾着她，然后把她放进坑内。我怀着最完美的爱情的热情吻了她千百次，才把她放下去。我坐在她身边，对她看了很久的时间。我下不了决心来封她的墓穴。最后，我的力气又开始逐渐消失，我害怕事情没有做完就筋疲力尽，这才把她的最完美最可爱的遗体永远埋到土地下面。接着我睡在墓穴上，面孔朝着沙土，双眼紧闭，心里打算再也不张开来了。我祈求天主帮助，我急切地盼望早点死去。

这件事大概很难使您相信，就是当我干这桩悲伤的活儿的时候，我的眼睛里没有流过一滴眼泪，我的嘴里也没有叹过一声气。我惊愕万分，而且决心死去，使我不再有任何绝望和痛苦的心情。所以，我这样伏在墓穴上，不用多久，原来仅有的一点知觉和感情就都失去了。

您听过我刚才讲的这些事情以后，我的故事的结尾部分就不很重要了，不值得您再用心静听下去。辛奈莱给抬到城里，他的伤经过仔细的检查，他不但没有死，而且，甚至没有受到重伤。他把我们两个人之间发生的事情，告诉了他的叔父。他的宽厚心肠使他立刻把我的侠义行为传播开来。他们派人来找我们。我和曼侬都不在了，这使他们猜想到我已经下了决心逃走了。这时天色已晚，不能派人来跟踪我们。但是第二天和第三天，他们一直在追寻我。

他们找到了我，我睡在曼侬的墓穴上，完全跟死去一样。那些找到我的人，看见我几乎是赤裸裸的，伤口的血染污了全身，他们毫不怀疑我是遭到抢劫后又被杀害了。

他们把我抬到城里。这样的抬动使我恢复了知觉。我睁开眼睛，看到我四周都是活人，悲从中来，发出了叹息，我的叹气的声音使那些人知道我还有救活的可能。他们给了我非常良好的医治。

我给关在一间狭小的牢房里，我的案子受到调查。由于找不到曼侬，他们就控告我，说我因为愤怒和嫉妒杀死了她。我如实地叙述了我的可怜的遭遇。辛奈莱听到我的讲述虽然极其痛苦，可是还是宽宏大量地请求赦免我；他的请求被同意了。

　　我的身体非常虚弱，他们不得不把我从监狱里移到了我的床上，我生了一场大病，在床上睡了三个月。

　　我对生命的憎恨，丝毫也没有减少。我不断地祈愿死去，在很长的时间内，我坚决不肯用一切医药。可是，上天在那样严厉地惩罚了我以后，却打算使我的不幸和他的惩罚对我能有用处。它用它的光明照亮了我，让我重新产生了跟我的出身和所受的教育相称的思想。

　　我的灵魂里又开始获得稍许的平静。在这样的变化以后，紧跟着我就恢复了健康。我整个儿沉浸在荣誉的感觉里，同时，我一面继续干着我的那份小差事，一面等候法国的船来，因为每年都有一班船到美洲这一块地方来的。我决定回到我的祖国去，过一种循规蹈矩的生活，来补偿我以前的放荡的行为。辛奈莱已经关切地派人把我亲爱的爱人的遗体移葬到了一个像样的地方。

　　大约在我身体复原的六个星期以后，有一天，我独自一个人在海边散步，看见了一只船驶来，那是到新奥尔良来做生意的。我注意地看着从船上下来的人，在那些往城里走的人当中，我看到了梯伯史，这真让我惊诧到了极点。尽管忧愁使我的面貌起了变化，可是这个忠实的朋友在很远的地方就认出了我。他告诉我说，他这次旅行的唯一目的，就是希望见到我，并且劝我回法国去。他又说，他接到我在勒阿弗尔写给他的信以后，便亲自赶到了那儿，想照我的要求帮助我；当他知道我已经动身的时候，他心中感到无限的痛苦。如果当时能找得到一只准备起航的船，他就会立刻动身追我。他在好些港口找船，找了好几个月，最后，在圣－马洛①找到了一只，这只船正要起锚，开往马提尼克岛②，他上了这只船，一心希望从那儿能够很容易地到达新奥尔良。他说，这只圣－马洛的船在航行途中被西班牙海盗劫住，给掳到他们的一个小岛上，他靠了机智总算逃出来。经过了辗转的旅程，他终于找到了机会，搭上刚才到达这儿的那只小船，并且幸运地和我相见了。

对一位如此侠义、如此真诚的朋友，我真无法表达我的无限的感激。我把他带到我的家里，请他做我的全部财产的主人。我把我从法国动身以后直到今天经过的情形全告诉了他。为了让他得到一种料想不到的喜悦，我向他表示，他从前洒在我的心里的德行的种子，已经结出了会教他满意的果实。他对我说，这样一个使人愉快的保证，会补偿他在旅途中所受的所有劳累。

我们在新奥尔良一同住了两个月，等候从法国来的船。后来我们终于上了船，十五天以后，我们在勒阿弗尔－德－格拉斯上岸。我一上岸就写信回家。从我大哥的回信里，我知道了父亲去世的悲惨的消息。这个消息使我全身颤栗，因为我有很多理由相信这是我的放荡的行为促成的。这时去加来正是顺风，我立刻就上船，打算到在加来附近几里路远的一位贵族亲戚家里去，我的哥哥在信上说，他在那儿等我。

---

① 圣－马洛，法国靠英吉利海峡的一个城市。
② 马提尼克岛，是小安的列斯群岛中的一个岛。

译后记

　　《曼侬·雷斯戈》是一部著名的法国古典小说，在世界文学史上也占有一定的地位。

　　这部作品的作者普莱沃，生于1697年，卒于1763年。

　　他的一生经历颇为曲折，很有传奇色彩。他从小受耶稣会教育，当了初学修士，成年后投军当兵，离开军队后又做了本笃会修士，数年后因事无法在法国居住，逃到荷兰和英国，以后回国创办报刊《利弊》。从1736年起，他成为龚缔亲王的指导神甫，但一度又被迫避居布鲁塞尔等地。晚年生活比较平静，专心写作翻译。

　　普莱沃神甫写了许多著作，主要的有《一个贵人的回忆录》、《克里夫兰先生传》、《基勒林的修道院长》等。《一个贵人的回忆录》共八卷，《曼侬·雷斯戈》即是其中的第七卷。他还把英国作家理查生的著名小说《帕米拉》等译成了法文。

　　普莱沃神甫虽然创作的小说很多，但大多数都已被人遗忘，唯有《曼侬·雷斯戈》不但出版后风行一时，而且至今仍旧是读者喜爱的作品。它对18世纪法国文学有很大的影响，在19世纪法国浪漫主义文学运动中，更备受推崇，被认为对法国小说的发展起了巨大的作用。法国著名作家莫泊桑特地为这本书1885年的一个版本写了一篇序言，对小说作了很高的评价。在19世纪时，小说在欧洲还几次被改编为歌剧演出。

　　《曼侬·雷斯戈》一书的全名是《骑士德·格里欧和曼

侬·雷斯戈的故事》，但一般都简称为《曼侬·雷斯戈》，于1731年先在荷兰出版，以后才在法国出版。

这部小说写的是18世纪法国一对青年男女的爱情悲剧。当时法国是一个封建专制的国家，贵族地主拥有特权，残酷剥削人民。他们与农民、城市平民之间等级界限森严。贵族青年格里欧爱上出身低微的曼侬，虽然他对她满怀真挚的爱情，但在他的父亲的眼中，贵族和平民相爱是大逆不道的事情，因此加以阻挠破坏。最后格里欧的父亲将自己的儿子保释出狱，却让曼侬流放美洲。这个年老的贵族是一个坚决的封建主义的维护者，他要对小说的悲剧结局负全部责任，他对这对青年男女的迫害，正是封建宗法制度对追求个人幸福的青年男女们的迫害。普莱沃神甫身处那样的社会环境中，能写出这样一部揭露封建等级制度罪恶的作品，把他的全部同情倾注在格里欧和曼侬两人的身上，这是小说非常可贵的地方。

作者成功地塑造了两个主人公的形象，细腻深刻地描绘了他们的性格。格里欧为了曼侬，情愿背叛家庭和宗教信仰，放弃个人的前途，甚至不惜从事骗人的勾当，最后又不怕艰苦，陪伴曼侬去美洲。他天真热情，对曼侬一片痴情，却一再受到挫折，无法改变自己的命运。我们读完小说，都会对他饱受患难的经历怀有深深的同情。只是小说结尾处把他写成一个回头的浪子，减弱了他原来的叛逆者的成分，因此也影响了作品的思想意义，这是作品的一个比较突出的缺点。

至于曼侬，她的性格就显得复杂些。从小说的情节安排来看，她的爱慕虚荣和贪图享受，是造成格里欧不幸的原因，但是我们不能怀疑她对格里欧没有真正的爱情。尤其是她遭到不公正的惩罚，被流放美洲后，她对格里欧的感情更加深切动人。最后她死于荒野，不正是那个社会制度下的一个悲惨的牺牲者吗?

　　还应该一提的是，这部小说虽然对当时社会面貌写得不多，但是多少也暴露了一些路易十五统治时期贵族腐化的生活。G·M父子就是两个典型人物。当格里欧和他的父亲在监狱重逢时，格里欧谈到一些贵族生活腐化、用赌博骗钱的事情，话虽不多，但是多少也能让我们看到有些用宗法礼教来束缚别人的人，他们自己的灵魂也不见得怎样干净呢。

曼侬·雷斯戈 法国文学经典

图书在版编目（CIP）数据

曼侬·雷斯戈/（法）普莱沃著；傅辛译. -- 南昌:
百花洲文艺出版社,2014.5
（外国文学经典阅读丛书.法国文学经典）
ISBN 978-7-5500-0938-7

Ⅰ.①曼… Ⅱ.①普…②傅… Ⅲ.①长篇小说 – 法
国 – 近代 Ⅳ.①I565.44

中国版本图书馆CIP数据核字(2014)第072303号

曼侬·雷斯戈

〔法〕普莱沃　著

傅辛　译

出 版 人	姚雪雪
责任编辑	余茌 程顺祥
美术编辑	彭　威
制　　作	何　丹
出版发行	百花洲文艺出版社
社　　址	南昌市红谷滩世贸路898号博能中心A座9楼
邮　　编	330038
经　　销	全国新华书店
印　　刷	江西千叶彩印有限公司
开　　本	787mm×1092mm 1/16　印张 11.5
版　　次	2014年9月第1版第1次印刷
字　　数	135千字
书　　号	ISBN 978-7-5500-0938-7
定　　价	19.00元

赣版权登字　05-2014-83

邮购联系　0791-86895108
网　　址　http://www.bhzwy.com
图书若有印装错误，影响阅读，可向承印厂联系调换。